Lina Jacobs

Addicted to him

Die Autorin
Lina Jacobs, geboren 1978, lebt mit ihrem Mann, ihrer Tochter und ihrem Schäferhund-Husky-Mischling in der Nähe der schönen Hellwegstadt Soest – denn sie liebt die Natur. Schon in der Schule hat Lina das Schreiben fasziniert. Am Anfang war es ein Hobby, aus dem inzwischen eine große Leidenschaft geworden ist. Seit 2015 schreibt und veröffentlicht die Autorin regelmäßig. Sie möchte mit ihren Geschichten die Welt ein wenig schöner machen. Nach ihrem Debüt »Geflüsterte Lügen« (Februar 2015), folgte die Dystopie-Reihe »Virulent«. Die Autorin liebt es, die Menschen in phantastische, abenteuerliche, spannende und liebevolle Geschichten zu entführen. Sie hat kein Lieblingsgenre, sondern liest gerne von allem etwas.

Das Buch
Spannend, romantisch und gefährlich!

Nach acht Jahren im Einsatz betritt Luke Adams erstmals wieder Schottischen Boden, um an der Testamentseröffnung seines Vaters teilzunehmen. Sein Bruder Paul holt ihn vom Bahnhof ab. Als sie zu Hause ankommen, erwartet Luke eine Überraschung: In der Tür zu Pauls Haus begrüßt ihn Ami, seine Jugendliebe, die inzwischen mit Paul zusammen ist. Zwischen Luke und Ami scheint immer noch eine Verbindung zu bestehen. Doch Ami plagen Schuldgefühle Paul gegenüber, und sie geht auf Abstand. Als Paul von einem Tag auf den anderen verschwindet, stellt sich heraus, dass er ein dunkles Geheimnis hat, was nun auch Ami bedroht. Der Einzige, der sie noch retten kann, ist Luke!

Lina Jacobs

Addicted to him

Roman

FOREVER

MIX
Papier aus verantwortungsvollen Quellen
FSC® C083411

Originalausgabe bei Forever
Forever ist ein Digitalverlag
der Ullstein Buchverlage GmbH, Berlin
November 2017

Umschlaggestaltung: zero-media.net, München
Titelabbildung: © FinePic®
Autorenfoto: © privat
Satz: Pinkuin Satz und Datentechnik, Berlin
Druck- und Bindearbeiten: CPI books GmbH, Leck
ISBN 978-3-95818-933-1

Erinnerungen

Noch wenige Minuten, dann würde es nach unten gehen. Minuten der Bedenken und Sorge, die ich im freien Fall verbringen würde. In meinen Venen schien Lava zu fließen, als ich die Riemen meines Fallschirms ein weiteres Mal kontrollierte. Wie immer, wenn ich kurz vor dem Absprung die geschlossene Rampe betrachtete, glich mein Puls wilden Trommelschlägen. Diesmal spürte ich zudem einen schmerzhaften Knoten in meiner Magengegend. Der Einsatz würde heute um einiges anders laufen als sonst – das hatte ich im Gefühl. Eigentlich hatte ich solche Bedenken längst hinter mir, denn es war nicht mein erster Absprung über feindlichem Gebiet.

Die Boeing C-17 vollführte einen ruckartigen Schlenker nach rechts. Ich umklammerte die Halteschlaufe fester.

»Wir haben leichte Turbulenzen über Nad Ali, Colonel Adams«, hörte ich die Stimme des Piloten in meinem Headset.

»Roger«, sagte ich und drehte mich zu meinen Männern um, die mich erwartungsvoll ansahen.

In einigen Gesichtern erkannte ich Angst. Man brauchte verdammt dicke Eier in der Hose, um sich mitten in feindliche Gefilde zu wagen. Zwanzig Soldaten begleiteten mich auf dieser frühmorgendlichen Höllenmission. Wer von ihnen letztlich lebend zurückkehrte, stand auf einem anderen Blatt. Sie waren gute Männer, die besten, die es bei der Black Watch-Einheit gab. Für tödliche Missionen waren wir ausgebildet worden. Wir waren die vorderste Front und sorgten dafür, dass unsere Kameraden nachrücken konnten. Wir wühlten im Dreck der Taliban.

»Wir nähern uns dem Absprungziel, Colonel Adams«, ertönte es in meinem Ohr. »Noch zwanzig Sekunden.«

»Roger. Noch zwanzig Sekunden«, rief ich meinen Männern zu. »Ich will einen vorschriftsmäßigen Absprung sehen und kein wildes Herumgezappel.«

Ich drehte mich um. Die Hydraulik gab ein leises Zischen von sich, während sich die große Rampe öffnete. Ein bodenloser Schlund erstreckte sich vor uns.

»Zehn«, ertönte der Countdown.

Heftiger Wind schlug mir entgegen.

»Neun.«

Ich zog die Schutzbrille von meinem Helm herunter …

»Acht.«

… stülpte den Mundschutz hoch.

»Sieben.«

Die Morgendämmerung warf noch ihre Schatten.

»Sechs.«

Nicht ein künstlicher Lichtschein zeichnete sich in der Tiefe ab.

»Fünf.«

Das Adrenalin ließ mich schneller atmen.

»Vier.«

Ich begab mich in Absprungposition.

»Drei.«

Was erwartet uns?

»Zwei.«

Ich trat einen Schritt vor …

»Eins.«

… und ließ mich nach vorn fallen.

Mit einer wahnsinnigen Geschwindigkeit raste ich der Erde entgegen. Der Wind schlug mir zornig entgegen, zerrte und wütete an meinem Tarnanzug, als wollte er mich vertreiben. Wahrscheinlich traf das sogar zu und selbst der Wind war uns in diesem Land feindlich gesonnen. In den Augen der Feinde waren wir Eindringlinge, Störenfriede, allenfalls Kanonenfutter. Der sandige Wüsten-

wind war tückisch, die Feinde noch mehr. Es wäre nicht das erste Mal, dass uns diese Bastarde vom Himmel schossen.

Ich zog die Reißleine, der Fallschirm bremste meinen Fall und riss mich etliche Meter nach oben. Ich glitt wie ein Adler durch die Dämmerung. Mein Blick war nach unten gerichtet – etwas schien ungewöhnlich zu sein. Ein für die Wüste untypischer Geruch lag in der Luft. Den Gestank nach verbranntem Fleisch und Tod, kannte ich zu gut.

Lautlos landete ich auf sandigem Boden, löste sogleich die Karabiner des Fallschirms und ging hinter einer Düne in Deckung. Meine Männer landeten in kurzen Abständen und nahmen geräuschlos ihre Positionen ein.

Ich griff nach meinem Sturmgewehr.

»Lieutenant Briggs«, flüsterte ich ins Mikro. »Checken Sie die Lage mit dem Laserfernrohr.«

»Roger.«

Briggs war der beste Scharfschütze meiner Einheit. Was er nicht traf, musste erst noch erfunden werden.

»Keine Feindsichtung«, meldete er sich nach wenigen Minuten mit gedämpfter Stimme. »Alles ruhig.«

Ich gab Handzeichen. Meine Männer wussten, was sie zu tun hatten, und auch ich setzte mich in Bewegung. Die ersten Gebäude gerieten in Sichtweite. Sie sahen verlassen aus, aber das konnte auch ein Hinterhalt sein. Erneut gestikulierte ich, und alle verteilten sich auf die zugewiesenen Positionen. Mit fünf Männern bildete ich die Vorhut, während der Rest die Flanken sicherte.

Heißer, übelriechender Wind wirbelte für ein paar Sekunden eine turmhohe Mauer aus Sand auf. Als sich das letzte Sandkorn gelegt hatte, senkte ich fassungslos das Sturmgewehr.

Was ich erblickte, ließ mir das Blut in den Adern gefrieren. In meinem ganzen Leben hatte ich noch nie so viel Elend und Leid gesehen. Weinende Kinder, die Haut mit schwarzen Brandblasen überzogen. Menschen, die überall verstreut lagen. Die gesamte Hauptstraße schien voll von ihnen zu sein. Ein langer Bomben-

teppich hatte den Weg in ein qualmendes, blutiges Höllenloch verwandelt. Die Menschen hielten jammernd ihre Arme hoch, flehten uns in ihrer Sprache an, sie von ihrem Leid zu befreien.

Aus dem Headset drang ein entsetztes Keuchen. Doch wir mussten nun einen klaren Kopf bewahren. Die Verletzten benötigten unsere Hilfe.

»Diese verfluchten Bastarde«, hörte ich eine Stimme im Headset.

»Das ist noch untertrieben«, vernahm ich eine andere. »Sie sollen in der Hölle schmoren.«

»Schauen wir nach den Verletzten«, sagte ich, während ich mich achtsam in Bewegung setzte.

Hände griffen nach mir. Ich strauchelte, der sandige Boden dämpfte meinen Aufprall. Gekreische umzingelte mich. Ich sah in fremde Gesichter, die mir ihre Pein entgegenschrien. Angsterfüllte Augen starrten mich an und ich fiel in grenzenlose Dunkelheit. Ich glaubte, den Schmerz jedes Einzelnen zu fühlen, und ich schrie mit ihnen …

Kapitel 1

11.35 Uhr, Crieff, Schottland 2014

Mit einem Schrei in der Kehle schreckte ich auf.

Der Schaffner blickte mich besorgt an, seine Hand lag auf meiner Schulter.

»Geht es Ihnen gut, Sir? Sie haben im Schlaf geschrien.«

Ich fuhr über mein Gesicht. Verdammt, ich war tatsächlich eingenickt, dabei hatte ich mir fest vorgenommen, nicht zu schlafen. Die lange Reise forderte nun ihren Tribut.

Der Schaffner nahm seine Hand von meiner Schulter.

Ich setzte mich auf. »Danke, mir geht es gut. War nur ein Traum.«

Sein Gesicht war voller Mitgefühl.

»Das Leben als Soldat ist nicht leicht«, sagte er leise. »Ich achte Ihre Arbeit wirklich sehr. Kommen Sie von einem Auslandseinsatz?«

»Afghanistan.« Mehr wollte ich dazu nicht sagen.

Mein verdammtes Leben ging ihn nichts an. Über mein Trauma sprach ich bestimmt nicht mit einem Zugschaffner.

»In circa zehn Minuten erreichen wir Crieff.«

»Danke.«

»Willkommen zurück, Sir«, fügte der Mann hinzu – fehlte nur noch, dass er salutierte.

Willkommen zurück … Beinahe hätte ich gelacht. Glaubte der Mann ernsthaft, dass ich gerne zurückkam?

Der Schaffner ging, und ich sammelte meine wenigen Habseligkeiten zusammen.

Die schweren Stiefel gaben einen dumpfen Laut von sich, als ich aus dem Waggon stieg. Nach acht Jahren betrat ich wieder schottischen Boden – die Heimat meiner Kindheit, Jugend und meines frühen Mannesalters. Mein letzter Besuch war eine Ewigkeit her – nichts wirkte mehr so, wie ich es in Erinnerung hatte. Der Bahnhof sah von Grund auf saniert aus. Die Gehwegplatten schimmerten schneeweiß. Spätestens nach einem halben Jahr würden sie schmutzig-grau sein, wenn die Obdachlosen in die Ecken pinkelten, da das Bahnhofsklo ständig verschlossen war. Ich sah nach oben. Die Sonne schien durch die neue Glaskuppel und tauchte den Bahnhof in ein freundliches Licht.

Der Bahnsteig war überfüllt. Pärchen fielen sich freudig in die Arme. Der Anblick entlockte mir ein sarkastisches Grinsen. Auf mich kam kein Mensch freudestrahlend zu. Hier gab es niemanden, der mir etwas bedeutete oder dem *ich* etwas bedeutete. Alles war fremd. Die Stadt widerte mich jetzt schon an.

Ich setzte mich in Bewegung, mir der Blicke der Menschen durchaus bewusst, die mich mit einer gewissen Bewunderung musterten. Einen Soldaten im Tarnanzug sahen sie nicht allzu oft. Für mich hingegen waren Personen in ziviler Kleidung etwas, an das ich mich erst wieder gewöhnen musste.

In meiner Jackentasche knisterte der Brief meines Bruders Paul. Ich erinnerte mich an seine Zeilen, die mehr als deutlich waren:

Da du dich nie dazu verpflichtet gefühlt hast, Vater nach Mutters Tod beizustehen, verkünde ich dir hiermit kurz und schmerzlos, dass er in einer Woche zu Grabe getragen wird. Nicht mal an seinem Sterbebett hast du dich blicken lassen, obwohl er dich noch einmal sehen wollte. Meine Briefe hast du ja geflissentlich ignoriert. Vielleicht bekommst du deinen Arsch

jetzt mal hoch und kommst wenigstens zur Beerdigung. Ehrlich, Luke, ich kann mir keinen egoistischeren Bastard als dich vorstellen.
Paul

Dieser Brief war vier Wochen alt. Mein alter Herr lag bereits unter der Erde.

Dass ich die letzten Jahre in Afghanistan verbracht hatte, die Post in einem Kriegsgebiet zur Kategorie lahme Schnecke zählte, und Briefeschreiben ein Luxus war, den ich mir nicht leisten konnte, vergaß mein Bruder gern. Nicht Paul robbte durch den Dreck, nicht er legte sich mit den Taliban an, kämpfte an vorderster Front und sah das Elend, dass unter den Zivilisten herrschte. Er sollte mir ja nicht blöde kommen, sonst würde ich ihm mit meinen Springerstiefeln einen gehörigen Tritt in die Eier verpassen.

Mein Antwortbrief war dementsprechend ausgefallen. Versöhnliches Süßholzraspeln hätten jedoch ihre Wirkung verfehlt, denn ich war stinksauer über seine Wortwahl gewesen.

Zumindest hatte Paul bei unserem letzten Telefongespräch versprochen, mich vom Bahnhof abzuholen. Es blieb spannend, ob er sein Versprechen einlöste.

Die Menschen hasteten vorüber. Ich begriff immer noch nicht, was ich überhaupt hier verloren hatte. Wollte mein Unterbewusstsein mich tatsächlich dazu drängen, das Grab meines Vaters zu besuchen? Sollte ich nachträglich Tränchen über seinen Tod vergießen?

Völliger Schwachsinn!

Es war mehr ein Gefühl gewesen, ein innerer Drang, meine Heimatstadt nach so langer Zeit noch einmal zu besuchen. Das war paradox, ich hasste Crieff.

Mein Vater hatte mich ständig als Tunichtgut bezeichnet, während meine Mutter versucht hatte, die Wogen zu glätten. Als Teenager war mir oft die Frage in den Sinn gekommen, warum

Vater nichts von mir hielt. Was hätte ich also an seinem Sterbebett oder seinem Grab verloren? Überhaupt nichts. Was wäre so wichtig gewesen? Außer die nächste Gemeinheit, die er mir sogar kurz vor dem Tod noch an den Kopf geworfen hätte.

Ich trat aus dem Bahnhofsgebäude und suchte die Umgebung nach einem blonden Haarschopf ab. Verändert hatte sich Paul bestimmt nicht. Mein großer Bruder war im Leben geradlinig, ich fuhr gern neben der Spur.

Ein nagelneuer Aston Martin hielt am Straßenrand. Paul stieg aus, adrett im dunkelblauen Anzug gekleidet.

Mir schoss die Frage durch den Kopf, wie er sich so einen Wagen leisten konnte.

»Hättest du dir nicht anständige Zivilkleidung anziehen können?« Pauls Stimme klang abfällig. »Man sollte meinen, dass du mit deinen zweiunddreißig Jahren endlich mal Grips entwickelt hast. Offenbar lag ich da falsch.«

Mit der weniger herzlichen Begrüßung war zu rechnen gewesen. Unser brüderliches Verhältnis passte von jeher in die Schublade »angespannt«.

Paul war der Bilderbuchsohn, ich der Raufbold. Gegensätzlicher konnten zwei Brüder nicht sein. Ich groß und dunkelhaarig, eher der südländische Typ, mein Bruder blond, mittelgroß und hellhäutig wie eine frisch geschlüpfte Made. Meinem Bruder schien immer die verfluchte Sonne aus dem Arsch, während ich darum kämpfen musste, ein paar Sonnenstrahlen zu erhaschen. Mittlerweile hatte ich mich daran gewöhnt, dass Paul ein Glückskind war. Um die Sache auf den Punkt zu bringen: Innige Bruderliebe empfand ich nicht für ihn.

Ich grinste und sah an mir hinunter. Dass ich meine Militärkleidung trug, war Absicht. Paul zu verärgern bereitete mir riesigen Spaß.

Lange würde ich sowieso nicht bleiben, obwohl mein General mich auf unbestimmte Zeit vom Dienst freigestellt hatte. Der Heimaturlaub täte mir gut, so seine Worte.

Noch mehr Schwachsinn!

Als Colonel der britischen Armee trug ich Verantwortung für meine Männer – die waren mir wichtig, alles andere war mir schnuppe.

»Freut mich auch, dich zu sehen, Bruderherz.« Ich hievte den Rucksack von meinem Rücken und stellte ihn mit Absicht auf den Kofferraumdeckel.

Paul zu reizen fiel mir leicht. Über seiner linken Schläfe zuckte ein nervöser Muskel, da er meine Provokation verstand.

»Wie kannst du dir als kleiner Versicherungsvertreter so einen Wagen leisten? Hast du es mit deinen siebenunddreißig Jahren tatsächlich mal geschafft, etwas allein auf die Beine zu stellen? Oder hast du dich bis zur Chefetage hochgevögelt?«

Paul presste kurz die Lippen aufeinander und sah mich feinselig an. »Lass deine Sticheleien. Es war eine Geste des guten Willens, dich von Vaters Tod zu unterrichten. Nach Mutters Tod hast du dich ja fix zur Armee verpisst und mich mit dem ganzen Scheiß allein gelassen. Glaubst du ernsthaft, ich könnte es nicht zu etwas bringen?«

Da war er wieder, der Ich-bin-der-Beste-Paul.

»Nicht mir wurde alles in den Arsch geschoben, *Paulchen.*« Ihn so zu betitelten war mir ein Vergnügen.

»Nenn mich nicht so«, zischte er, als er an den Kofferraum herantrat.

Ich zog den Rucksack zu mir heran. Ich meinte, ein verräterisches Kratzen der Nieten auf dem Autolack zu vernehmen.

Pauls Kiefer mahlte, er stand kurz davor, die Fassung zu verlieren. Doch er würde sich hüten, mir eine reinzuhauen, da ich in dem Fall als Sieger vom Platz gehen würde.

Mein großer Bruder wählte immer den Weg des geringsten Widerstands, während ich mich stets mitten ins Getümmel stürzte. Paul hatte seine Feigheit niemals abgelegt, diese Eigenart zählte zu seinen besten Charakterzügen – ironisch betrachtet.

»Ich hoffe, du hast wenigstens etwas Passendes zur Testamentseröffnung dabei«, murmelte er und öffnete den Kofferraum.

Verwundert hielt ich inne. Das hörte ich zum ersten Mal. »Testamentseröffnung? Davon hast du am Telefon nichts gesagt. Was sollte Vater *mir* vererben wollen? Seine Socken?«

»Das weiß ich nicht. Die Notarin hat gesagt, dass du auch erscheinen musst. Offenbar stehst du als Erbe von irgendwas im Testament.«

»Wahrscheinlich kriege ich seine olle Briefmarkensammlung.« Ich hievte den Rucksack in das Heck des Wagens.

»Du vergisst, dass da noch unser Elternhaus ist, Luke.«

Ernst sah ich ihn an. »Das ich garantiert nicht haben will.«

Paul knallte den Kofferraumdeckel zu. Ein Zeichen, dass er innerlich kochte. »Das Erbe kommt auch für mich überraschend.« Er ging zur Fahrerseite und riss die Autotür ungestüm auf. »Du solltest dich möglicherweise an den Gedanken gewöhnen, in der zivilen Welt ein Stück weit Verantwortung zu übernehmen.«

Dass ich dazu nicht bereit war, würde ich Paul in einer stillen Stunde beibringen. Die zivile Welt konnte mir gepflegt den Hintern küssen. Sobald ich die Socken meines Vaters geerbt hatte, machte ich umgehend die Biege.

Kapitel 2

Ich fühlte mich, als hätte mir jemand mit der Faust in die Magengrube geschlagen. Dabei holte Paul doch nur seinen Bruder vom Bahnhof ab. Das war keine Tragödie, sondern etwas ganz Normales, oder? Weshalb der Gedanke meine Nervosität schürte, entzog sich meinem Verständnis.

Luke hatte sich vor acht Jahren aus dem Staub gemacht. Er hatte sich beim *Royal Regiment of Scotland* eingetragen und war zur *Black Watch* gegangen. Nach all den Jahren drohte mir bei dem Gedanken an ihn tatsächlich noch die Galle hochzukommen. Dass Luke und ich mal liiert gewesen waren, meinte ich, längst verdrängt zu haben. *Verraten hat er mich* … Ja, es war einem Verrat gleichgekommen, dass er mich sitzengelassen hatte.

Hinterhältiger Bastard.

Offenbar brodelte nach wie vor Wut in mir, obwohl ich inzwischen mit Paul zusammen war. Das Thema Luke war abgehakt, katalogisiert, eingetütet, begraben und zu Asche verbrannt worden. *Wie wird Luke reagieren, wenn er mich wiedersieht?* Sein verdatterter Gesichtsausdruck würde mir sicher schallendes Gelächter entlocken.

Ich öffnete den Backofen, in dem der Kartoffelauflauf brutzelte. Rizinusöl sollte ich darüber kippen, um Luke ein herzliches Willkommen zu bereiten. Dass in mir solch ein fieser Teufel wohnte, war mir neu. Alles, was mit Luke Adams zusammenhing, ließ mich eindeutig zu einem Gorilla mutieren. Ich schloss den Ofen und starrte gefühlt zum einhundertsten Mal aus dem Küchenfenster.

Paul war aus allen Wolken gefallen, als bekannt geworden war, dass Luke im Erbe begünstigt werden sollte. Weshalb er sich darüber so aufregte, verstand ich nicht. In letzter Zeit machte er um viele Dinge ein Riesengeheimnis. Paul hatte sich sehr verändert. Verschlossenheit war in unserer Beziehung mittlerweile ein allgegenwärtiger Zustand.

Ein Wagen fuhr vor. Mein Puls schoss in die Höhe. Fahrig strich ich einige braune Haarsträhnen hinter mein Ohr. Es gab überhaupt keinen Grund, nervös zu sein.

Autotüren wurden zugeschlagen.

»Cool bleiben, Ami«, murmelte ich, während ich zur Nebentür ging.

Schwungvoll riss ich sie auf. In der nächsten Sekunde überkam mich der Drang, sie wieder zuzuschlagen. Die Luft war auf einmal viel zu dünn. Acht Jahre waren eine verdammt lange Zeit. In diesem Moment nicht lange genug.

Der Mann, der am Kofferraum stand und seinen Armeerucksack heraushievte, konnte unmöglich Luke Adams sein. Ich starrte ihn an. Bittersüße Erinnerungen prasselten auf mich ein. Mit einem Mal schien nichts mehr wie zuvor. Mein Unterbewusstsein schien das Thema Luke noch lange nicht abgehakt zu haben.

In Lukes Armen hatte ich die Welt vergessen können. Eine Welt, die für mich nichts Gutes bereitgehalten hatte. Einen alkoholkranken Vater, dem eine Flasche Bier wichtiger war als seine Familie und der in seinem Rausch des Öfteren vergaß, wie seine Tochter hieß, während er mit dem Schürhaken auf mich losging. Der meine Mutter eine dreckige Schlampe schimpfte, während ich mich unter dem Bett verkroch und bitterlich weinte. All das hatte Luke mich vergessen lassen.

Wir waren zwei verletzte Seelen gewesen, die sich gegenseitig Wärme und Halt gegeben hatten, um mit dem Alltag fertig zu werden. Die Macht der Liebe, die ich für ihn empfunden hatte, hatte mich immun gegen jeden Angriff meines Vaters gemacht.

Ich hatte Luke niemals wirklich vergessen können. Leider auch nicht den Trennungsschmerz, der weitaus schlimmer gewesen war als die Schläge meines Vaters.

Blutjunge einundzwanzig Jahre war ich gewesen, als Luke gemeint hatte, er müsste sich des unnötigen Ballasts entledigen und zur Armee gehen. *Mit Ballast hat er auch mich gemeint. Dass er mir das Herz gebrochen hat, ist ihm scheißegal gewesen.*

Meine Aufmerksamkeit wurde in die Gegenwart zurückgeholt, als der Kofferraumdeckel lautstark zuschlug. Luke hatte sich nicht mal die Mühe gemacht, Zivilkleidung anzuziehen. Er sah aus, als ob er gerade von einem Einsatz kam. Es hätte mich nicht gewundert, eine Waffe aus seinem Rucksack herausragen zu sehen.

Als er mich bemerkte, schien ihm vor Überraschung alles aus dem Gesicht zu fallen.

Ha! Damit hast du wohl nicht gerechnet, Mister Ich-verpissemich.

Luke fing sich schnell. Sein Kopf neigte sich fragend zur Seite. »Ami? Ami Steward? Bist du das?«

»Hallo, Luke.« Zum Glück besaß meine Stimme einen festen Klang, obwohl meine Nerven wie wild flatterten.

Luke sah zum Anbeißen aus. Die Armee hatte aus ihm einen richtigen Mann, eine imposante Erscheinung gemacht. Mein Unterbewusstsein fand den Anblick äußerst ansprechend.

Seine Lippen kräuselten sich plötzlich zu einem spöttischen Lächeln. »Ich fass es nicht. Mein großer Bruder vögelt meine Exfreundin.«

Am liebsten hätte ich ihm umgehend eine geknallt. Stattdessen haute ich meinem Unterbewusstsein eine runter, das so verzückt von dem ungehobelten Kerl war. Mit solch einer Bemerkung war zu rechnen gewesen. So war Luke, er sagte immer das, was er dachte und sei es noch so beleidigend. Wie hatte ich annehmen können, dass die Armee ihm diesen Charakterzug austreiben würde? Vermutlich versagte an ihm sogar die britische Krone.

In Lukes grauen Augen erkannte ich den Spott, als er mich weiterhin musterte. Ich unterdrückte ein Seufzen. *Er hat diese Wahnsinnsaugen …*

Sein Blick scannte jeden Zentimeter meines Körpers, um letztlich an einem Punkt auf meinem T-Shirt hängenzubleiben. »Teufel auch, du siehst echt scharf aus. Hast endlich mal ein paar ordentliche Möpse bekommen.«

Schnell verschränkte ich die Arme vor der Brust. »Und du bist immer noch der vorlaute Arsch.«

Ich sah zu Paul, der es nicht für nötig hielt, mich in irgendeiner Weise zu verteidigen oder mir beizustehen.

Luke grinste, als er auf mich zukam. Sein Gang glich dem eines lauernden Leoparden.

Mich erfasste das verrückte Gefühl, dass er in meinem Blickfeld zu einem Riesen heranwuchs. Nein, mein Gefühl gehörte nicht in die Schublade »verrückt«. Ich hatte völlig verdrängt, dass Luke um die eins neunzig maß. Ich kapierte erst, dass ich den Atem angehalten hatte, als er direkt vor mir stand.

»Eins muss ich dir lassen«, flüsterte er. »Du bist eine wahre Augenweide geworden.«

Die Augenweide sollte ihm gehörig in die Eier treten, damit er checkte, dass ich über seine Unverschämtheiten nicht erfreut war.

Ich sah zu ihm hoch. »Ach ja? Und du benimmst dich wie ein widerlicher Kotzbrocken.«

Paul schnaubte amüsierte – ansonsten kam nichts von ihm. Dass er sich so passiv verhielt, verletzte mich. Luke rückte näher. Im ersten Moment sah es aus, als wollte er mich küssen. Ich trat einen Schritt zurück.

»Du weißt doch, wie ich bin, Ami«, raunte er. »Hast du ernsthaft geglaubt, ich wäre handzahm geworden?«

Was ich erwartet hatte, wusste ich nicht. Vielleicht, dass Luke weniger unverschämt durchs Leben ging. Immerhin hatte er lange Zeit in einem Kriegsgebiet verbracht, dass musste jeden Menschen verändern. Nicht mal das zwang Luke in die Knie.

Er ging an mir vorbei und stieß einen leisen Pfiff aus, während er seinen Rucksack achtlos mitten in der Küche fallenließ.

»Alle Achtung. Eine offene Wohnküche. Du hast umgebaut, Brüderchen.« Interessiert sah er sich um, wanderte zum Kühlschrank und riss ihn auf. Flaschen klirrten, Lebensmittel wurden beiseitegeschoben. »Mensch, Paul, hast du nicht mal ein kühles Bier im Haus?«

Ich unterdrückte ein verärgertes Zischen.

»Nein, haben wir nicht«, sagte Paul, als er neben mich trat. »Reg dich nicht auf«, fügte er flüsternd an mich gewandt hinzu. »Er wird nach der Testamentseröffnung bestimmt abschwirren.«

Was auch besser wäre, ich wollte Luke nicht länger als nötig unter diesem Dach haben. Er verunsicherte mich. Luke besaß die unliebsame Angewohnheit jedes Detail auf den Kopf zu stellen – sogar die Gefühle anderer Menschen. Nach all den Jahren zählte auch ich noch zu diesem Personenkreis.

* * *

Ehrlich gesagt hatte ich nicht damit gerechnet, Ami jemals wiederzusehen. Ihr Anblick versetzte mir auch jetzt noch einen ordentlichen Hieb, und für ein paar Sekunden drohte mir der Boden unter den Füßen wegzurutschen. Doch ich war Profi genug, die wahren Gefühle hinter Schloss und Riegel zu halten.

Überraschung! Mein Bruder hat sich meine Exfreundin geangelt. Wie hatte der spröde Paul es geschafft, die kleine Wildkatze zu zähmen? Das war unbegreiflich.

Ich beobachtete Ami, wie sie schweigsam den Auflauf aß. Noch eine Sache musste ich ihr zugutehalten: Das kleine Luder konnte hervorragend kochen.

Von Ami besaß ich eine andere Erinnerung. Eine zierliche Frau mit kleinen Brüsten, dennoch eine wilde Furie im Bett. *Mein Gott, was haben wir damals gevögelt.*

Was ich momentan zu sehen bekam, traf durchaus meinen

Geschmack und schürte meine testosterongesteuerten Triebe: eine hübsche Brünette mit ansehnlichen Kurven und vollen Lippen. Die acht Jahre hatten sie zu einem wahren Rasseweib werden lassen, in das ich meinen harten Schwanz gern erneut versenken wollte. In meiner Hose entwickelte sich ein heftiges Eigenleben.

Ich schob den leeren Teller beiseite und versuchte mich auf andere Gedanken zu bringen. Brennende Neugier erfasste mich.

»Wie lange seid ihr schon zusammen?«, brach ich das Schweigen.

»Was geht dich das an?« Ami klang gereizt.

Oh, sie spielte also die Zicke.

Bei zickigen Frauen geriet mein Blut in Wallung, das war ihr wohl entfallen.

Ich streckte meine Beine unter dem Tisch von mir. Fühlte eine gewisse Müdigkeit in den Muskeln. Der lange Flug und die Zugfahrt machten sich bemerkbar.

»Nichts geht es mich an, da hast du recht. Ich bin nur neugierig.«

»Sechs Jahre«, entgegnete Paul, und Ami dankte ihm das mit einem verärgerten Blick.

O ja, unter ihrer zickigen Schale brodelte nach wie vor ein kleiner Vulkan. Die Wildkatze war nicht zahm. In der Hinsicht glichen wir uns. Unser wahres Ich trugen wir für die Ewigkeit in uns. Mein Bruder besaß nicht den kleinsten Schimmer, was Ami und mich verband. Eine Verbindung, die tiefer als alles andere ging. Das erreichte er mit Ami niemals, dafür war er in meinen Augen zu blöd.

Für die Zeit, die ich hier verbrachte, würde ich Pauls heile, makellose Welt gehörig durcheinanderbringen.

»Ich habe das Haus ganz anders in Erinnerung.«

»Einige Räume habe ich vor zwei Jahren umgestalten lassen. Der Anbau ist vor sechs Jahren entstanden. Vater wollte ihn eigentlich vermieten.«

»Hatte er etwa Geldprobleme?«, fragte ich.

Dass Ami meinen Bruder neugierig fixierte, entging mir nicht. Da existierten augenscheinlich einige Ungereimtheiten zwischen den beiden.

»Nicht, dass ich wüsste. Vater hat seine letzten Jahre mehr im Krankenhaus verbracht als daheim. Ami und ich sind vor vier Jahren hier eingezogen, um ihm mit dem Haus zu helfen.«

»Aha.« Ich sah mich im Raum rum. »Eure Möbel sehen nicht billig aus.«

»Wir gehören eben zum arbeitenden Volk«, sagte Paul arrogant.

Zorn erfasste mich. Seiner Überheblichkeit würde ich einen gehörigen Dämpfer verpassen.

»Erzähl mir nicht, dass nur *du* zum arbeitenden Volk gehörst.« Ich lehnte mich vor, um ihn genau zu fixieren. »Ich verrate dir mal was. Jeden Tag riskieren wir unser Leben, der Feind lauert überall. Und du willst mich zum faulen Schwein degradieren?«

»Nein, ich …«

»Noch heute herrscht Ausnahmezustand in manchen Regionen in Afghanistan«, fuhr ich ihm unerbittlich ins Wort. »Du hast keine Ahnung von der Welt da draußen.«

In der Küche war es totenstill. Man hätte eine zu Boden fallende Stecknadel hören können. Paul senkte betroffen den Blick. Eigentlich hatte ich nichts von Afghanistan erzählen wollen, doch seine Arroganz trieb mich zur Weißglut.

Ami starrte mich fassungslos an. An ihrer linken Wange lief eine einzelne Träne hinunter. Dieses Bild hatte eine fesselnde Wirkung auf mich. Für einen Augenblick trafen sich unsere Blicke. Ami verfügte über eine Empathie, die mich in der Vergangenheit oft verblüfft hatte. Doch das hier waren meine Dämonen, die ich ganz allein bekämpfen musste. Sie konnte sich ihr Mitleid sparen. Ich hatte mit meinem Entschluss nichts anders gewollt, als ich zur Armee gegangen war, um eine Offizierslaufbahn anzustreben. Ich war ein Befehlshaber, der für seine Truppen in der Krisenzeit den Fels in der Brandung verkörperte. Dazu war ich schließlich ausgebildet worden.

Ich wandte den Blick ab. Mitgefühl suchte und brauchte ich nicht. Meinen Emotionsschalter stellte ich auf Werkseinstellung zurück.

»Habt ihr ein Gästezimmer? Oder soll ich mir eine Pension suchen?« Damit war das Thema Krieg abgehakt.

Paul räusperte sich. »Du kannst drüben im Anbau schlafen, wenn du willst. Ami wird dir noch Handtücher und Bettwäsche bringen.«

Dass Ami ihn erneut mit einem ärgerlichen Blick musterte, amüsierte mich ungemein. O ja, ich würde sie dementsprechend empfangen. Mir brannten nämlich so einige Fragen auf der Seele.

»Falls dich das interessiert«, fuhr Paul fort, »dein Motorrad steht noch im Schuppen. Vater hat es niemals weggegeben.«

Das war doch mal eine erfreuliche Nachricht. »Echt jetzt? Die Harley existiert noch?«

Paul nickte. »Ich habe sie abgedeckt, war Vaters Wunsch, nicht meiner.«

Dass Paul nicht einen Gedanken an mein Eigentum verschwendete, war schlüssig. Wie kam ich allerdings dazu, dass Vater ernsthaft an mich gedacht hatte? Meine Verwunderung hielt ich nach außen hin lieber an der kurzen Leine und wies auf die Tür neben der großen Küchenzeile. »Ich nehme an, dass dort mein Schlafplatz ist?«

»Ja.« Paul stand auf, und Ami räumte schweigend die Teller vom Tisch.

Als sie mir den Rücken zuwandte, betrachtete ich ihren wohlgeformten Hintern. In der Jeans sah er zum Anbeißen aus. Am liebsten hätte ich ihren Po geknetet, bis sie zwischen ihren Schenkeln heiß und feucht wurde. Ich verlagerte mein Gewicht und setzte mich gerade hin. Dass meine weite Tarnhose im Schritt spannte, war schon eine Kunst für sich. Offensichtlich fuhr mein männliches Ego auf Ami ab.

Paul räusperte sich vernehmlich. Eigentlich war es mir einerlei, dass er neben mir stand, während ich den Hintern seiner Freundin betrachtete.

Dennoch wandte ich den Blick ab, grinste ihn an und stand auf. »Ich gehe mich dann mal frisch machen.«

Kapitel 3

Mit Handtüchern und Bettwäsche beladen klopfte ich an die Verbindungstür zum Anbau. Weshalb sollte ich eigentlich das Zimmermädchen spielen? Das wäre Pauls Aufgabe gewesen, seinem Bruder die Sachen zu bringen. Doch Paul hatte sich an seinen Laptop gesetzt, um noch zu arbeiten. Wieso waren ihm andere Dinge wichtiger geworden als ich? Seit Monaten machte er ein großes Geheimnis um seine Arbeit. Er erzählte nichts mehr.

Ich klopfte erneut, diesmal lauter.

»Luke?«, rief ich.

Vorsichtig öffnete ich die Tür einen Spaltbreit und wagte einen flüchtigen Blick ins Wohnzimmer. »Ich habe hier deine Sachen.«

Von Luke war nichts zu sehen. Über der Sessellehne lagen ein schwarzes Kapuzenshirt und eine Jeans. Sein Rucksack stand auf dem Sofa. Ich trat näher. Was mich auch in diesem Moment ritt, ich sah hinein. Er hatte also doch anständige Zivilkleidung dabei. Ich entdeckte noch eine Jeans und weitere T-Shirts. Mein Blick fiel auf ein in Leder gebundenes kleines Buch. Es sah aus wie ein Tagebuch. Einerseits unvorstellbar, dass gerade Luke seine Gedanken aufschrieb, anderseits erfasste mich eine ungeheure Faszination, gerade diese Gedanken zu lesen. Meine Hand streckte sich wie von selbst aus und verschwand in dem Rucksack. Ich dachte nicht eine Sekunde an Lukes Privatsphäre.

»Hast du gefunden, was du suchst?«, flüsterte plötzlich eine Stimme in mein Ohr.

»Was …?« Wie ein Strauchdieb fuhr ich herum.

Viele Dinge geschahen gleichzeitig. Die Wäsche fiel zu Boden, während mein Oberkörper der Schwerkraft unterlag und ich über meine eigenen Füße stolperte. Lukes Hand schoss geschwind vor und bekam mich am Arm zu fassen. Ein warmes Kribbeln durchfuhr meinen Körper.

In seinen Augen stand ein lauernder Ausdruck, als ich wieder sicheren Stand gewann und er mich freigab.

»Ich wollte nicht neugierig sein«, verteidigte ich mich halbherzig, während ich einen großen Schritt zurücktrat.

»Aha. Was hast du dann in meinen Sachen gesucht?« Luke klang nicht, als wolle er mir den Kopf abreißen, er war eher amüsiert.

Erst jetzt fiel mir auf, dass sein gebräunter Oberköper unbekleidet war. Ich starrte auf seine Tattoos. Ein Drache in Goldtönen hockte auf seinem rechten Oberarm, auf seinem linken Arm ein Tribal, ein schwarzer Wolf mit roten Augen prangte auf seiner Brust. Luke hatte sich körperlich sehr verändert. Angenehm verändert, sofern meine Betrachtungsweise als liierte Frau das zulassen durfte. Mein Gott, er hatte sogar einen leichten Waschbrettbauch. *Paul ist gegen Luke ein Hampelmann.*

Der Vergleich ließ mich beinahe den Kopf schütteln. Seit wann war ich so körperorientiert?

Seitdem Flaute in unserem Bett herrscht, weil für Paul andere Dinge wichtiger geworden sind. Ich erwarte schon lange keine Zärtlichkeit und Liebe mehr von ihm.

»Gefällt dir, was du siehst?«, fragte Luke leise.

Ertappt blickte ich in eine andere Richtung. Gewiss, mir gefiel, was ich sah, doch ich hütete mich, ihm das unter die Nase zu reiben. Bestimmt besaß Luke an jedem Finger drei Frauen, die ganz heiß darauf waren, mit ihm ins Bett zu hüpfen. Ich gehörte nicht zu den leicht zu habenden Frauen, und sonderlich begehrenswert fand ich mich in den letzten Monaten auch nicht.

»Die Tattoos sehen gut aus«, sagte ich stattdessen. »Früher hattest du so was nicht.«

Er trat einen Schritt vor. »Manchmal hat man sogar bei der Armee Langeweile.«

Ich bückte mich, um die Wäsche aufzuheben. »Die Handtücher. Ich habe auch zwei große dabei, damit du …« Flink legte ich sie auf das Sofa und trat zurück. »Wenn du duschen willst … und so.« Aus mir unerfindlichen Gründen klopfte mein Herz viel zu laut. Wir waren das erste Mal unter uns.

»Ich mache dich tatsächlich nervös.« Neugierig musterte Luke mich.

»Nein, tust du nicht. Die Zeiten sind vorbei.«

Mein grantiger Tonfall holte ihn hoffentlich auf den Boden der Tatsachen zurück. Der Gedanke war nicht wegzuschieben, dass Luke verdammt heiß aussah und ja, er sprach meine primitiven Instinkte an. Innige Gefühle weckte er jedoch nicht in mir – darüber war ich längst hinweg.

»Heute Nachmittag um vier müssen wir bei der Notarin sein. Ich soll dir von Paul ausrichten, dass du dich zivil kleiden sollst.«

Luke erweckte nicht den Anschein, dass ihm das besonders wichtig wäre, er zuckte gleichgültig mit den Schultern.

»Um sieben gibt es Abendessen, wenn du möchtest«, fügte ich hinzu, während ich mich zum Gehen umdrehte.

»Woher hat mein Bruder das Geld, sich einen Aston Martin zu leisten?«, fragte er.

Ich stoppte und drehte mich um.

Luke verschränkte die Arme vor der Brust. Für einen Augenblick starrte ich auf seine gewölbten Armmuskeln. Er vollführte eine Kopfbewegung Richtung Garage. »Der Wagen ist nagelneu. Also, Ami, woher hat er so viel Geld?«

»Das … das weiß ich nicht.«

Seine rechte Augenbraue schoss in die Höhe. »Du weißt es nicht?« Er grinste breit. »Ach komm schon, Süße, du wirst doch wissen, was Paul anstellt.«

»Ich weiß es wirklich nicht.«

»Tatsächlich? Mir scheint, du weißt so einiges nicht, was die Finanzen meines Bruders betrifft.«

Nicht nur das. Pauls unterkühlte Fassade bereitete mir in letzter Zeit Bauchschmerzen.

»Den Wagen hat er seit drei Wochen. Paul meinte, er hätte ihn günstig erstanden.«

Luke lachte. »Günstig erstanden?«

Dass er mich auslachte, schürte meinen Unmut. Luke fand vieles amüsant im Leben. Wie hatte ich am Esstisch annehmen können, dass er Feingefühl entwickelt hatte nach den Grausamkeiten, die er offensichtlich erlebt hatte?

»Du kannst dich amüsieren, so viel du willst, ich habe dennoch keinen Schimmer«, entgegnete ich verärgert.

Sein Gelächter erstarb. »Schätzchen, einen neuen Aston Martin erstehst du nicht mal eben günstig – außer er ist geklaut. Oder ist mein Bruder unter die Autoknacker gegangen?«

Verunsichert senkte ich den Blick. Natürlich hatte ich mich gewundert, wieso Paul seinen Toyota abgegeben hatte. Seine Erklärung, dass das Auto alt gewesen sei und die Reparaturen ein Vermögen gekostet hätten, hatte ich so hingenommen. Ich besaß nicht einen Funken Ahnung von Autos. Für mich war es nur ein Gebrauchsgegenstand, der mich von A nach B fuhr. Mir reichte mein kleiner VW Polo.

»Er arbeitet doch immer noch bei der Versicherung?«

Ich sah auf. »Ja, er hat den Bezirk gewechselt. Paul ist nun für den Norden von Crieff zuständig.«

»Da verdient er so ein Vermögen? Oder hat Vater dem Paulchen schon was vermacht?«

»Nicht, dass ich wüsste. Euer Vater besaß nur dieses Haus und keine Reichtümer. Und jetzt entschuldige mich, ich habe zu tun.«

»In welcher Branche arbeitest du eigentlich?«, hielt er mich zurück.

Ich war nicht besonders scharf darauf, mit Luke Smalltalk zu halten oder ihm in irgendeiner Art und Weise entgegenzukommen. Aber ich war erwachsen geworden, daher sollte ich mich wenigstens so benehmen, wenn Luke schon das Ekel heraushängen ließ.

Ich wog ab, ob ich ihm meinen Beruf verraten sollte. Ich traute Luke ohne Weiteres zu, dass er mich auslachte. Ich fasste Mut.

»Ich bin Schriftstellerin«, sagte ich mit fester Stimme.

Verblüfft riss er die Augen auf. »Echt jetzt? Du schreibst Bücher?«

»Das tue ich«, sagte ich nicht ohne Stolz.

Lukes Gelächter blieb aus. Ehrlich? Das irritierte mich.

Er sah sogar aufrichtig interessiert aus, ganz anders als Paul. Den tangierte kein bisschen, was ich zu Papier brachte. Noch nie hatte er danach gefragt oder eins meiner fertigen Bücher in die Hand genommen. Er mied sie, als seien sie verflucht. Mir tat seine Nichtachtung furchtbar weh. Mein Autorenleben war Paul völlig egal, Unterstützung bekam ich von ihm nicht. Er hatte jegliches Interesse an mir verloren – ich verstand sein Verhalten nicht.

»Und was schreibst du so?«

Ich blinzelte verwirrt, hatte nicht damit gerechnet, dass Luke noch mehr Details hören wollte.

»Ähm … Erotik«, entgegnete ich leise.

»Ernsthaft?« Er grinste frech. »Du schreibst übers Pimpern?«

»Nein, das ist nicht »Pimpern«, wie du das so schön bezeichnest«, entgegnete ich kratzbürstig, da er meinte, dass meine Geschichten nur von Sex handelten. »In meinen Büchern kommt auch viel Gefühl vor.«

In Lukes grauen Augen stand ein Glitzern. »Eine anregende Phantasie hattest du schon immer.«

Diesen Satz fasste ich durchaus zweideutig auf – was ich nicht hätte tun sollen. In meinem Kopf flammte eine lebhafte Erinnerung an unser reges Sexleben auf. *An Phantasie hat es uns nie gemangelt.*

Das verräterische Kribbeln in meinem Unterleib erinnerte

mich daran, dass sich mein Körper danach sehnte, endlich aus der Totenstarre befreit zu werden. Doch sollte nicht Luke derjenige sein, der mich in Erregung versetzte.

»Wie viele Bücher hast du schon geschrieben?« Seine Frage holte mich in die Gegenwart zurück.

Seine Neugier rührte mich. Ich lächelte. »Geschrieben habe ich einige. Veröffentlicht habe ich bisher drei. Mein viertes kommt nächsten Monat heraus.«

Luke stieß einen leisen Pfiff aus. »Respekt. Du hast etwas in deinem Leben erreicht. Das finde ich gut.«

War seine Neugier ehrlicher Natur? Oder verfolgte sein Interesse ein ganz anderes Ziel? Seine plötzliche Umgänglichkeit verunsicherte mich.

Mit zwei langen Schritten stand er auf einmal vor mir. »Du könntest mir den Rücken waschen.« Er lächelte anzüglich. »Um der alten Zeiten willen.«

Da war er wieder: Der Luke, der nichts unversucht ließ, um mich anzubaggern. Die Zeit war gekommen, unsere Grenzen klar abzustecken, sonst ging mein Seelenheil flöten.

Es war entzückend, einen anderen Mann attraktiv zu finden, kompliziert, falls aus der Begeisterung mehr wurde.

Ich verschränkte die Arme vor der Brust und setzte einen finsteren Blick auf. »Hör auf, mich anzumachen. Wir zwei sind schon lange fertig miteinander.«

Sein Gehabe kam mir vor, als ob jemand einen Schalter umgelegt hätte.

»Ohne Verpflichtung und ganz heimlich. In der Dusche ist Platz für zwei.« In seinen Augen erkannte ich, dass er nicht wirklich an das glaubte, was er sagte.

Er wollte sich unbedingt wie ein Mistkerl benehmen, sich für seine Mitmenschen unsympathisch machen. Warum, war mir schleierhaft. Was er auch versuchte, mir zu zeigen, ich kaufte ihm sein Schauspiel nicht ab. Hinter seiner unausstehlichen Fassade schien ein anderer Mensch zu hocken, das war nun offensichtlich. Er trug eine eiserne Maske, die er ungern ablegte. Luke besaß auch eine sanfte Seite. Diesen Luke hatte ich damals abgöttisch geliebt. Der konnte doch nicht verschwunden sein? Oder hatte Afghanistan bei Luke doch seine Register gezogen?

»Weißt du was? In der Innenstadt gibt es immer noch das *Clarius*, da wirst du sicher jemanden finden, der dir Erleichterung verschafft.«

»Dir ist offenbar nicht klar, dass du einem Mann, der seit Monaten keinen Sex mehr hatte, lieber nicht solch ein Angebot machen solltest«, raunte er. »Ich fackle nicht lang, wenn es um die schönste Nebensache der Welt geht. Ihr würdet diese Nacht keinen Schlaf finden.«

Und ob mir das klar war. Luke war ein Profi darin, die Frauen um den Verstand zu bringen – ich wusste, wovon ich sprach. Ich trat zurück. Meine Gedanken lenkte ich lieber nicht auf unsere heiße Vergangenheit.

»Falls du mit deiner Show fertig bist, kümmere ich mich nun um andere Dinge.«

Über sein Gesicht huschte Überraschung. »Was für eine Show meinst du?«

»Dich wie ein notgeiler Neandertaler zu benehmen.«

Er grinste frech, was ich äußerst ansprechend fand. »Wer sagt, dass ich dir etwas vorspiele? Ich bin ein notgeiler Neandertaler.«

* * *

Dass Ami auf meine tölpelhaften Sprüche nicht ansprang, war von Anfang an klargewesen. Mir bereitete es im Augenblick nur einen Höllenspaß, die kleine Wildkatze zu piesacken. Sie sah so herrlich wütend aus. Ihre blauen Augen bekamen dann immer dieses gewisse Funkeln. Das fand ich durchaus appetitlich.

Ich besaß auch eine charmante Ader, die ich vorwiegend einsetzte, wenn ich ein bestimmtes Ziel verfolgte: Die Schenkel einer Frau zu spüren.

Wieso ich bei Ami nicht freundlich, sondern provokativ und ungehobelt sein wollte, verstand selbst ich nicht. Mochte daran liegen, dass wir uns seit der Jugendzeit kannten und so manches Abenteuer zusammen erlebt hatten. Nicht befremdlich für mich, dass sie hinter meine Fassade blicken konnte. Eigentlich war Ami der einzige Mensch auf dieser Welt, die mich in der Vergangenheit so akzeptiert hatte, wie ich war. *Ob das immer noch so ist?*

»Halb vier fahren wir zur Testamentseröffnung.« Sie drehte sich um und ging.

Ich stand noch für einige Zeit da und starrte die verschlossene Tür an. *Wie gut sie mich kennt.*

Doch nicht Ami wachte schweißgebadet auf, nicht sie hörte die Schreie verwundeter Menschen, nicht sie lebte mit der Angst, dass jeder Tag der letzte sein könnte. Meine wahren Emotionen gab ich nicht gern preis. Zu viel war geschehen. Das harte militärische Leben hatte eine Eigendynamik entwickelt, mit der ich des Öfteren nicht gut zurecht kam. Welcher Soldat gab schon gern zu, Angst oder Bedenken zu haben?

Meine Hand legte sich auf die längliche Narbe über meinem Hintern. Ich hatte zwar die Explosion überlebt, dennoch besaß ich nur noch eine Niere. Mein Leben hatte bereits zweimal auf der Kippe gestanden, trotzdem stürzte ich mich immer wieder ins Kampfgetümmel. Ausmustern ließ ich mich nicht. Manchmal verstand ich mich selbst nicht. Kriegsnarben hatte ich genug. Etliche winzige Metallsplitter steckten weiterhin in meinem Rücken. Offenbar zählte ich zu den lebensmüden Menschen.

»Komm in die Hufe, Adams. Die kleine Wildkatze kommt nicht zurück, um dir einen zu blasen«, murmelte ich, griff nach den Handtüchern und verschwand im Badezimmer.

Eine gefühlte Ewigkeit stand ich regungslos unter der Dusche und ließ das heiße Wasser auf mich hinabrieseln. Mit geschlossenen Augen genoss ich den Luxus einer großen Duschkabine.

Nicht die engen Kabinen in den Duschcontainern, die wir im Camp hatten. Kein Furzen, kein Rülpsen, kein Grölen und keine lauten Stimmen. Die Ruhe war geradezu himmlisch und lenkte meine Gedanken auf andere Dinge – schöne Dinge.

Ich verspürte mächtig Druck in meinen Eiern. Wenn da nicht bald Abhilfe geschaffen wurde, starb ich womöglich an einen Samenkoller. Seit bestimmt einem halben Jahr hatte ich keinen heißen, hemmungslosen Sex mehr gehabt.

Mein Pulver unnötig zu verschießen, in dem ich mir unter der Dusche einen runterholte, darauf hatte ich keinen Nerv. Ich wollte meine Härte in etwas Warmes und Feuchtes versenken.

Das *Clarius*, ein alteingesessener Pub, war ein guter Ort, wenn man ein Betthäschen für die Nacht aufreißen wollte. Willige Mädels gab es dort genug. Da Ami das Pub explizit erwähnt hatte, war das wahrscheinlich noch heute so. Allein der Gedanke regte meine Schwellkörper an.

»Herrgott, ich brauche dringend Sex.« Ich grapschte nach dem Duschgel und seifte mich ein.

Kapitel 4

»Hast du dem tapferen Soldaten die Sachen gebracht?« Pauls Stimme klang feindselig. Er sah mich nicht mal an, sondern tippte weiterhin auf der Tastatur herum.

»Ja, ich habe sie Luke gebracht.« Mit Absicht erwähnte ich seinen Namen. Ich fand das nicht richtig, dass Paul so abfällig von seinem Bruder sprach.

»Hast du ihm auch gesagt, er soll sich für den Termin was Passendes anziehen?«

Sein abwertender Tonfall und dass er mich nicht mal ansah, gefielen mir überhaupt nicht. Am Anfang war ich mir so sicher gewesen, dass Paul der Richtige war, und nun war er mir fremd geworden.

»Er soll seinen Ausweis mitnehmen«, fügte er missmutig hinzu. »So was wird er doch haben.«

Paul brachte mich echt auf die Palme. Ich öffnete eine Küchenschranktür und knallte sie zu. Er zuckte zusammen. Jetzt besaß ich seine volle Aufmerksamkeit.

»Falls du Luke noch irgendetwas sagen willst, mach das gefälligst selbst«, zischte ich.

»Warum bist du so sauer?«

»Warum ich sauer bin? Nicht genug, dass ich nur noch eine billige Putzfrau und Köchin für dich bin, jetzt soll ich auch noch das Dienstmädchen für dich spielen.«

»Hast du deine Tage, dass du plötzlich so gereizt bist?«

Nein, ich fühlte mich nur sehr einsam und vernachlässigt. Ich könnte neben Paul tot umfallen, und er würde das nicht mal merken. Dass er mich überhaupt noch liebte, bezweifelte ich schon länger. Ich konnte mich beim besten Willen nicht daran erinnern, wann er das letzte Mal »Ich liebe dich« zu mir gesagt hatte.

Mein Selbstwertgefühl litt, obwohl ich eigentlich ein selbstbewusster Mensch war. Innerlich fühlte ich mich völlig ausgestorben, obwohl mein Herz noch schlug. Wie konnte ein Mensch so kalt sein? Als ob ihm unsere Beziehung nichts mehr anging.

»Hast du eine andere Frau?« Die Frage war heraus, bevor mein Kopf seine Arbeit aufnahm. Doch ich besaß das verdammte Recht, diese Frage zu stellen. »Oder warum behandelst du mich seit Monaten wie eine pestverseuchte Ratte?«

»Spinnst du jetzt völlig?« Pauls Stimme wurde mit jedem Wort lauter. »Hat dir deine Freundin Sabrina mal wieder Flausen in den Kopf gesetzt? Ihr solltet nicht zu viel Kaffeeklatsch halten. Habt ihr keine anderen Sorgen?«

»Ich mache mir wenigstens noch Gedanken um uns.« Ich versuchte, den pochenden Schmerz in meiner Brust zu ignorieren. »Und nein, Sabrina hat nichts damit zu tun.«

»Ich werde nicht darüber diskutieren!« Paul wurde lauter, und ich verstand nicht, weshalb er so ausflippte. »Ich stecke bis zum Hals in Arbeit, und du kommst mir mit so einer Scheiße!« Aufgebracht fuhr er durch sein blondes Haar.

Früher war ich ihm immer zärtlich durchs Haar gefahren, und er hatte die Geste geliebt. Ich blinzelte die Tränen weg.

»Geh mir nicht auf den Geist, Ami. Okay?«

Ich kam mir vor, als ob er mir einen Besenstil ins Genick gehauen hätte. Jedes Wort war ein Stich in mein Herz. Ein Schluchzer steckte in meiner Kehle, den ich krampfhaft zurückhielt.

»Und um deine Frage zu beantworten«, fuhr er fort. »Nein, ich habe keine andere Frau. Ist damit alles klar?«

Für mich war überhaupt nichts klar. Außer, dass ich nicht so weiterleben wollte. Nicht mit einem Eisschrank an meiner Seite. Ich musste eine Entscheidung treffen, auch wenn sie schmerzte.

»Ich gehe die Wäsche machen.« Mein Blick war nur noch eine verschwommene Masse, als ich blind auf die Treppe nach oben zuging.

»Der tapfere Soldat hat einen Ausweis.« Lukes Stimme klang wie ein Donnergrollen.

Ich wischte über meine Augen und drehte mich um. Luke stand wie ein dunkler Rachedämon in unserer Küche. Nun, da er Jeans und Kapuzenshirt trug, sah er völlig anders aus.

Ich hatte ihn nicht kommen hören und wenn ich Pauls Gesichtsausdruck richtig deutete, er ebenso nicht. Lukes Blick wanderte in meine Richtung. Ich glaubte, Bedauern in seiner Miene zu erkennen. Ich sah weg, bedauert werden wollte ich bestimmt nicht.

»Die … die Notarin hat gesagt, dass du … du einen brauchst.« Paul stotterte wie ein Schuljunge, da ihm dämmerte, dass Luke jedes Wort mitbekommen haben musste.

Aus den Augenwinkeln bemerkte ich, dass Luke mich weiterhin musterte. Seinen Spott ertrug ich ganz bestimmt nicht auch noch. Bevor er einen dummen Spruch loslassen konnte, drehte ich mich um und ging die Treppe hoch.

Meine Hände zitterten, als ich mich an das Bügelbrett stellte und anstarrte. Der blaue Bezug verzog sich zu groteske Muster. Ich schlug die Hände vors Gesicht und weinte. Mir war bewusst, dass die Beziehung mit Paul gegen die Wand gefahren war.

* * *

Mich als tapferen Soldaten zu bezeichnen, ließ meinen Blutdruck extrem in die Höhe schnellen. Was wusste Paul, der verdammte Spießer, schon von Tapferkeit oder gar Ehre? Er hatte nie viel im Leben leisten müssen. Vater hatte immer dafür gesorgt, dass Paul an nichts mangelte.

Ami war gegangen. Ich sah immer noch zu der Treppe hinüber. Sie hatte nicht glücklich ausgesehen. Seltsamerweise berührte mich das. Pauls Worte waren nicht zu überhören gewesen.

Aber … und das wurmte mich zunehmend: Wie, wann und warum hatte Paul sich Ami geangelt? Zu gegebener Zeit würde ich ihn das fragen.

Ich wandte mich mit düsterem Blick meinem Bruder zu. Paul wich einen nervösen Schritt zurück.

»Auch wenn ich der zivilen Welt den Rücken gekehrt habe, bin ich kein unzivilisierter Penner.« Meine Stimme drückte genau das aus, was ich in dem Moment empfand – Wut.

»Das wollte ich damit auch nicht sagen, Luke.«

»Sondern?«

Paul schwieg beleidigt. Diskutieren konnte man mit ihm sowieso nicht, er fühlte sich immer im Recht. Ich verstand einfach nicht, wieso Ami mit ihm zusammen war. Er hatte der kleinen Wildkatze offenbar die Krallen gestutzt, sonst würde er nicht so mit ihr reden.

»Na ja, du hast schon immer das gemacht, was du für richtig gehalten hast und dir alles genommen, ohne zu fragen«, platzte es schließlich aus Paul heraus.

Seine Stimme klang abfällig. Mir stellte sich die Frage, ob er jemals neidisch auf mich gewesen war.

»Warum soll ich mir nicht das nehmen, was ich will? Das Leben besteht aus süßen Dingen, die darf ein Mann nicht verpassen.«

»Du hast Vater sehr enttäuscht«, wechselte Paul das Thema.

Er schien wieder sicheren Boden unter den Füßen zu haben. Unser ach so enttäuschter Vater war sein Lieblingsthema.

»Im Gegensatz zu dir war ich nicht der Strahlemann der Familie Adams«, entgegnete ich. »Einer musste schließlich der Sündenbock sein.«

»Darum geht es nicht. Vater hätte sich nur mehr Rückhalt von dir gewünscht.«

»Rückhalt? Wobei?« Wütend ballte ich eine Hand zur Faust.

»Falls dir entfallen ist, *Bruder*, ich war in Afghanistan. Glaubst du, da habe ich mir die Eier geschaukelt? Erzähl mir nicht, ich wäre der Gesellschaft oder Vater keine Stütze gewesen.«

Ich merkte erst, dass ich einige Schritte auf Paul zugegangen war, als er zurückwich. Angst stand in sein Gesicht geschrieben. Das irritierte mich. War ich mittlerweile so furchteinflößend geworden? Der Krieg hatte mich wohl nicht nur innerlich, sondern auch äußerlich zu einer Killermaschine gemacht. Ich sah auch keinen Anlass dazu, den Schalter auf zivilisierte Werkseinstellung zurückzusetzen, lange blieb ich sowieso nicht – allerhöchstens zwei Wochen.

Ich grinste, um die Härte in meiner Miene abzumildern. »Eine Sache interessiert mich brennend.«

»Was?«

»Wie bist du eigentlich an Ami rangekommen?«

Überraschung zeichnete seine Miene. Die Frage irritierte Paul. »Wir haben uns ab und zu in der Stadt getroffen und belanglose Worte gewechselt. Als sie eines Tages in unser Büro kam, um eine Versicherung abzuschließen, hab ich sie zum Essen eingeladen, und dann kam eins zum anderen.«

»Aha, kam dir gelegen, nicht wahr? Du warst ja schon immer eifersüchtig auf unsere Beziehung.« Ich hatte keine Ahnung, ob das stimmte. Seine einstigen Sprüche über das »dürre Klappergestell« – wie er Ami bezeichnet hatte – waren nicht gerade nett gewesen.

Ich hatte Paul damals für diese Bemerkung eine reingehauen, um mir dafür wenig später eine schallende Ohrfeige von meinem Vater abzuholen.

»Ich war niemals eifersüchtig«, behauptete Paul. »Ami und ich haben uns von Anfang an gut verstanden, und wir ergänzen uns in vielen Dingen.«

Ich grinste selbstsicher, damit er kapierte, dass ich genau im Bilde war. »Na klar. Du glaubst tatsächlich, du hast die kleine Wildkatze gezähmt?«

»Im Gegensatz zu dir weiß ich, was Liebe, Anstand und Verantwortung für einen anderen Menschen bedeuten.«

In mir brodelte ein Vulkan. Ausgerechnet mein Bruder meinte, ich würde nichts davon verstehen. Doch ich war nicht hier, um ihn zu erziehen. Ich hielt meine Wut an der kurzen Leine.

Da kam mir eine glänzende Idee. *Wenn ich von Ami nichts über Pauls Geschäfte erfahre, was spricht dagegen, die eigentliche Quelle anzuzapfen?*

Ich hätte nie zuvor für möglich gehalten, dass mich Paul in irgendeiner Weise interessieren könnte. Ich, fieser Teufel, lächelte sogar.

»Lass uns lieber für die Zeit, die ich hier bin, Frieden schließen. Ich werde sowieso nicht lange bleiben. Was hältst du davon, wenn ich uns für heute Abend Bier hole?«

Pauls Lippen verzogen sich zu einem leichten Lächeln. »Du hast recht, wir sollten uns für die Zeit vertragen. Das Kriegsbeil begraben. Aber pass auf, ich saufe dich eh unter den Tisch.«

»Abwarten, großer Bruder. Das Militär ist eine harte Schule.«

* * *

Trotzig wischte ich über meine Wangen, während ich nach unten ging, um das Abendessen vorzubereiten. Meine Tränen waren versiegt. Wieder und wieder hatte ich mir gesagt, dass eine Trennung womöglich die beste Alternative wäre. Paul war nicht bereit, zu kämpfen. Warum dann noch irgendetwas investieren? *Und existiert irgendwo ein imaginärer Schalter, um die Gefühle abzustellen?*

Ich ging zum Küchenfenster und bemerkte, wie Luke durch die kleine Tür im Lagerschuppen verschwand und wenig später die breite Flügeltür öffnete. Das Motorrad stand unter einer weißen Plane, zusammen mit allerlei anderem Kram. Eigentlich hatte Paul den Schuppen längst entrümpeln wollen, doch auch dafür fand er keine Zeit. Ich hatte an die Harley überhaupt nicht mehr gedacht.

Luke zog die Plane mit einem Ruck herunter. Ein Lächeln stahl sich auf seinen Lippen. Ich unterdrückte einen Seufzer. Der Anblick war anbetungswürdig. Luke konnte so charmant lächeln, ich hatte das sehr an ihm geliebt. Liebevoll strich seine Hand über den schwarzen Tank, den Lenker und zurück über die Sitzbank.

Viele Fahrten hatten wir gemeinsam unternommen.

Was mich auch antrieb, als ich die Nebentür öffnete und langsam auf den Schuppen zuging, in mir flammte ein melancholisches Gefühl auf.

Luke saß auf der Harley. Für einen Moment schoss die Vergangenheit auf mich zu. Ich schüttelte das Bild von Luke in sexy Lederkleidung ab.

»Ehrlich gesagt, habe ich damit gerechnet, dass Paul mein Motorrad verschrottet hat.« Er klang sarkastisch.

Sein Blick wanderte zu mir. In seinen Augen erkannte ich ein freudiges Funkeln.

Ich lächelte. »Ich glaube, das hätte er nicht gewagt«, gestand ich leise, während ich neben die Maschine trat. »Kevin hat darauf bestanden, dass sie nicht verschrottet wird.«

Über Lukes Miene huschte ein dunkler Schatten. »Schwer vorstellbar, dass mein Vater daran gedacht hat.«

»So ist es aber. Hey.« Ich wies auf das Motorrad. »Möchtest du sie nicht mal anmachen? Schauen, ob sie noch fährt? Eine kleine Runde durchs Viertel drehen?«

Mit ernster Miene schüttelte er den Kopf. »Nein, ich müsste sie erst durchchecken. Der Tank muss gereinigt werden, neue Zündkerzen, Benzinfilter und der ganze Schnickschnack. Das wäre eine Menge Arbeit.« Er lächelte wehmütig. »Dafür werde ich keine Zeit haben.«

»Warum nicht?« Die Frage war raus, bevor mein Mund im Gehirn Bescheid gesagt hatte, dass die Frage überflüssig war.

Luke zögerte. »Ich werde nicht lange hierbleiben.«

»Aha«, sagte ich, wobei in mir ein seltsames Gefühl aufkam.

Ich sah zu Boden, fixierte einen Ölfleck und kam zu dem Schluss, dass das Gefühl Bedauern war.

»Vielleicht verkaufe ich die Harley«, bemerkte Luke, und ich blickte auf. »Acht Jahre steht sie bereits hier, man müsste den Motor komplett auseinandernehmen.« Zärtlich strich er noch einmal über den Lenker. Ich sah ihm gebannt dabei zu.

Mich erfasste ein Déjà-vu, und ich sah einen viel jüngeren Luke in grauem Oberhemd und blauer, ölverschmierter Latzhose vor mir. Luke hatte so lange für die Harley gespart und sich an seinem achtzehnten Geburtstag schließlich diesen Traum erfüllt. Vor meinem geistigen Auge erschien sein strahlendes, stolzes Lächeln, als er sie mir präsentiert hatte. Genau an der Stelle, wo ich heute stand, hatte ich auch damals gestanden. Ich hatte Luke angeschmachtet, während er nicht mal geahnt hatte, dass ich ihn anbetete.

Na ja, ich war fünfzehn Jahre alt gewesen. Während Luke sich schon fleißig die Hörner abgestoßen hatte, hatte ich noch davon geträumt, dass er mir die Unschuld nahm. Damals schon war ich hoffnungslos in ihn verliebt. Mittlerweile kannten wir uns so lange, es musste an die fünfzehn Jahre sein.

Kein Mensch war mir so vertraut wie Luke. Schon seltsam, wie das Leben einem übel mitspielen konnte, und zwei Menschen auseinanderriss, die eigentlich füreinander bestimmt waren. Vor einigen Jahren war ich der festen Ansicht gewesen, dass ich mit Luke alt werden würde. Leider hatte er andere Dinge im Sinn gehabt.

»Leihst du mir dein Auto?«, drang seine Frage zu mir durch.

Verwirrt zog ich die Stirn kraus. »Wieso?«

»Weil ich einige Besorgungen im Supermarkt machen möchte.«

»Ähm, klar.«

Er grinste hämisch. »Ich könnte natürlich auch Paul nach dem Aston Martin fragen.«

Ich grinste ebenso. »Den er dir nicht geben wird. Nicht mal ich darf ihn fahren.«

»So ein Spießer«, murmelte Luke, während er von der Harley abstieg.

»Der Autoschlüssel liegt auf dem Küchentresen. Fahr mir aber keine Beule rein.«

Luke trat auf mich zu. Er war mir eindeutig zu nah, viel zu nah. »Sobald ich eine Beule in deinen Wagen fahre«, raunte er, »darfst du dir etwas Unanständiges wünschen und ich erfülle dir diesen Wunsch.«

»Du kannst es nicht lassen«, erwiderte ich, wobei ich entschlossen einen Schritt zurücktrat. »Das *Clarius* hat bald geöffnet, da kann auch dir geholfen werden.«

Luke lachte leise. Sämtliche Härchen meines Körpers stellten sich auf. »Ach Schätzchen, was habe ich deinen Humor vermisst.«

Der Satz nahm mir den Wind aus den Segeln und versetzte mir einen unerwarteten Hieb. *Das meint er sowieso nicht ernst. Er hat nichts von mir vermisst.*

Luke stiftete nur Verwirrung. Am besten hielt ich mich von ihm fern. Ich trat einen weiteren Schritt von ihm weg. »Du kannst mein Auto nehmen. Bis halb vier solltest du aber wieder zurück sein.«

Kapitel 5

Gefühlsmäßig hatte ich mich fest im Griff, als Paul vor dem Haus von Mrs. Ford, der Notarin, parkte. Ich stieg aus und schlug die Autotür zu fest zu. Ein protestierender Laut von Paul folgte. Luke stieg an der Beifahrerseite aus – er grinste. Klar, er fand vieles im Leben zum Grinsen, so war er eben. Mit Schwung schlug auch er die Tür zu fest zu. Eine weitere Missbilligung war aus dem Wageninneren zu hören.

»Ups. Paulchen ist verärgert«, spottete Luke, was mir ein Lächeln entlockte.

»Du bist schweigsam«, bemerkte er beiläufig. »Was ist los mit dir? So kenne ich dich nicht.«

Ich sah zu ihm hoch. Suchte vergebens in seiner Miene nach Spott. Luke interessierte sich tatsächlich für meine seelische Verfassung? Was sollte ich ihm mit meinen Beziehungsproblemen kommen? Meiner Freundin Sabrina schüttete ich regelmäßig mein Herz aus, aber nicht Luke Adams, der mir garantiert mit einem dämlichen Spruch daherkommen würde. So interessiert er auch sein mochte – sensibel war er nicht.

»Geht dich nichts an«, erwiderte ich.

»Stell dir vor, ich habe beim Militär einen Kurs belegt: »Wie sensibilisiere ich mich für andere Menschen?«

Sein Sarkasmus schoss mir durch Mark und Bein. Ich blickte nicht durch bei Luke. Einerseits kannte ich seine gefühlvolle Seite, andererseits sorgte er ständig dafür, dass man ihm keine Sympathien entgegenbrachte.

Im Schuppen war er nett zu mir gewesen.

»Seid ihr festgewachsen?«, rief Paul ungeduldig.

Er stand bereits an der geöffneten Haustür und sah nicht erfreut aus. Mrs. Ford stand neben ihm.

Ich war nicht wirklich bei der Sache. Zu viele Emotionen hatte ich heute durchlebt. Ich durfte meine neugewonnene Gelassenheit nicht von Luke ins Wanken bringen lassen, sonst hockte ich bald erneut in meinem trübseligen Loch. Für mich blieb nur eine Option: meine Zukunftspläne zu schmieden.

Ich hörte nur mit halbem Ohr zu. Eigentlich ging mich das Testament auch nichts an, doch ich hatte Paul versprochen, bei der Eröffnung dabei zu sein. *Und ich halte meine Versprechen.*

Kevin und ich hatten uns zwar gut verstanden, dennoch konnte ich mir nicht vorstellen, dass er mich begünstigt hatte. Um ehrlich zu sein, wollte ich auch nichts erben.

Mrs. Ford las den Text vor, den Kevin zu Papier gebracht hatte. Ihr kinnlanges schwarzes Haar, das sie mit einer fließenden Bewegung hinters Ohr strich, schimmerte wie Ebenholz. Sie war eine sehr attraktive Frau. Mir war nicht entgangen, dass Luke und die Notarin sich bereits interessiert gemustert hatten.

Herrgott, sie werden doch wohl nicht …?

Beinahe hätte ich über diesen Gedanken den Kopf geschüttelt. Das war nicht meine Sache. Sollte Mrs. Ford in Erwägung ziehen, ihren Mister Ford zu betrügen – sofern es überhaupt einen Mann an ihrer Seite gab –, ging mich das nichts an.

»Das Haus vererbe ich meinem ältesten Sohn, Paul Adams«, drang ihre Stimme zu mir durch, »während ich meinem jüngsten Sohn, Luke Adams, den Anbau vererbe. Grund und Boden vererbe ich meinen Söhnen zu gleichen Teilen, zu je 600 qm.«

Ich vernahm Pauls hektisches Atmen. Auch mir verschlug es die Sprache, dass Kevin seinem jüngsten Sohn etwas so Wertvolles hinterließ.

Mein Blick schweifte zu Luke, der mir mit ernster Miene

gegenübersaß. In seinem Gesicht war keinerlei Gefühlsregung zu entdecken. Trauerte er im Nachhinein nicht doch um seinen Vater? Ich hatte nie verstanden, warum Paul von Kevin ständig begünstigt worden war. Luke hingegen hatte einstecken müssen – wie ein Prügelknabe. Umso verwunderlicher, dass Kevin ihm überhaupt etwas hinterließ.

Lukes Blick fixierte mich. Ich meinte, ein amüsiertes Glitzern in seinen Augen zu erkennen. Aber vielleicht bildete ich mir das auch nur ein. Beim besten Willen konnte ich mir nicht vorstellen, dass er das alles amüsant fand. Die Angelegenheit war todernst und änderte womöglich so einiges in seinem Leben. Luke hatte nicht wirklich mit einem Erbe gerechnet. Oder etwa doch?

Mrs. Ford räusperte sich. »Ich habe Ihnen das Testament zur Ansicht kopiert.« Sie schob Luke und Paul je eine Kopie zu. »Der letzte Wunsch Ihres Vaters ist recht übersichtlich.«

Was logisch war, Kevin hatte keine Reichtümer besessen.

»Gibt es noch Unklarheiten?« Mrs. Ford sah nacheinander Luke und Paul an.

»Von meiner Seite ist alles klar«, bemerkte Paul leise.

Mrs. Ford sah Luke an. Ihre vollen, geschminkten Lippen verzogen sich zu einem Lächeln. In ihren braunen Augen flammte ein Glitzern auf. Versuchte sie ernsthaft, mit Luke zu flirten?

»Und bei Ihnen, Mister Adams?«

Luke schwieg. Ich sah ihm an, dass er erst jetzt die volle Tragweite des Testaments erfasste, und das schien ihm nicht zu schmecken. Sein Leben änderte sich, ob er wollte oder nicht.

»Alles verstanden«, sagte er leise.

»Sie nehmen also beide das Erbe an?«

»So ist es«, sagte Paul mit energischer Stimme.

»Muss ich wohl«, entgegnete Luke weniger bestimmt. Er klang resigniert.

Er tat mir leid.

»Sie müssen Ihr Erbe nicht antreten, Mister Adams«, sagte

die Notarin. »Sie können auch ablehnen. Brauchen Sie noch Bedenkzeit?«

Lukes Blick schweifte zu mir zurück. Ich erkannte, dass er sich leicht überfordert fühlte.

»Ich nehme das Erbe an«, fügte er schließlich hinzu.

Als er das sagte, überkam mich ein seltsames Gefühl. Eine Ahnung, dass sich auch für mich bald einiges ändern würde.

* * *

Verdammter Mist!

Das konnte nicht der Ernst meines alten Herrn sein! Ich wollte überhaupt nichts erben! Keine Briefmarkensammlung, keine Pokale oder die Socken meines Vaters und erst recht kein Haus, auch wenn es nur ein Anbau war.

Ich wollte nicht zurück in die Vergangenheit, wollte mich nicht an meine Heimatstadt gebunden fühlen. Ich war zufrieden damit, wie mein Leben seit Jahren lief. Ich brauchte keine Veränderung oder Verantwortung in der zivilen Welt. Die Armee war meine wirkliche Familie.

Ein eigenartiges, fürsorgliches Gefühl beschlich mich, als ich Ami betrachtete. Was versprach ich mir davon, das Erbe anzunehmen? Oder besser, weshalb verspürte ich diese ritterliche Allüre? Ami und ich waren seit Jahren getrennt. Uns verband nur noch eine alte Bekanntschaft, eine Freundschaft war von meiner Seite auszuschließen. Mit Verflossenen schloss ich grundsätzlich keine Freundschaften, das funktionierte niemals – allerdings verband mich noch etwas mit Ami. Etwas Altes, etwas für die Ewigkeit. Wenn ich ganz ehrlich war, musste ich mir eingestehen, dass mich die Tatsache zunehmend fuchste, dass Paul mit Ami zusammen war. Das verunsicherte mich.

Genau wie das Testament. Mein Vater hatte nie viel von mir gehalten. Warum jetzt diese Erbschaft? Wollte er mich sogar über seinen Tod hinaus bestrafen?

Die vielen unbeantworteten Fragen zermürbten mich. Ich ließ die Testamentskopie sinken und richtete mein Augenmerk auf die schmucke Notarin zurück, die noch einige Formulare für Paul und mich bereithielt. Dass sie ein gewisses Funkeln in den Augen gehabt hatte, als sie mit mir gesprochen hatte, war mir nicht entgangen. An ihrem Finger glitzerte kein Ehering, was für mich so viel hieß: freie Schussbahn.

Ich verlagerte mein Gewicht und setzte mich bequemer hin. Die verdammte Jeans drückte meinen harten Ständer ab.

Aus den Augenwinkeln bemerkte ich Amis Blick. Ob auch sie eine Veränderung fühlte? Ich widerstand dem Impuls, sie erneut anzusehen. Mich versetzte nur eine Sache in positive Stimmung – die Aussicht, die hübsche Mrs. Ford flachzulegen. Unter ihrem Zweiteiler steckte garantiert ein heißer, kurvenreicher Körper, der nur darauf wartete, dass ich ihn bestieg. Offenbar mutierte ich tatsächlich zu einem notgeilen Individuum. Der Druck in meinen Eiern war geradezu schmerzhaft.

»Für Fragen stehe ich Ihnen weiterhin gerne zur Verfügung«, sagte die Notarin, wobei sie mich länger ansah als meinen Bruder.

Klar, dass sie das Angebot an mich richtete. Offensichtlich suchte auch sie nach Befriedigung.

Kapitel 6

Es war schon nach achtzehn Uhr, als wir die Kanzlei verließen. Die vielen Dokumente, die Luke und Paul unterschreiben mussten, hatten kein Ende genommen.

Unser Nachhauseweg war schweigsam verlaufen. Paul und Luke mussten wahrscheinlich erst mal die Neuigkeit verarbeiten, dass sie ab heute nicht nur Brüder, sondern auch unmittelbare Nachbarn waren. Mir war die Stille lieber, als wenn sie sich in den Haaren lagen.

Luke hatte wahrscheinlich an der neuen Situation schwer zu nagen. Sobald wir zu Hause waren, schnappte er sich die drei Sechserpack Bier und verschwand in seinem neuen Eigentum. Abendessen fiel demnach für ihn heute aus. Für Paul ebenso, denn er verkrümelte sich in sein Arbeitszimmer.

»Okay, kein Abendessen.« Ich zuckte die Achseln und schmierte mir ein Sandwich.

* * *

Paul ließ sich nicht lange darum bitten, unsere neue Nachbarschaft zu begießen. Ich hatte die Wiese hinter dem Haus vorgeschlagen, so dass wir beide ungestört waren. Ami brauchte von dem Gespräch nichts mitzubekommen.

Während er das kalte Bier hinunterkippte, als wäre es Apfelsaft, hielt ich mich zurück.

»Vaters Testament hat mich tatsächlich überrascht«, gestand

ich beiläufig, wobei ich andächtig die Dose in meiner Hand drehte. Zum eigentlichen Thema musste ich mich langsam vortasten. »Ich wollte nichts erben.«

»Ändern können wir nichts mehr.« Paul entwich ein leiser Rülpser.

Er öffnete das nächste Bier. »Das ist der letzte Wille unseres Vaters. Akzeptiere es … ich muss das schließlich auch.«

Ich hörte die Resignation aus seinem letzten Satz durchaus heraus. Klar, dass er mich nicht hier haben wollte. Paul setzte die Dose an und trank. Wir waren beide nicht begeistert darüber, dass Vater mich begünstigt hatte. Das frustete mich mehr und mehr.

»Was hat dich dazu veranlasst, mich überhaupt in Kenntnis zu setzen? Ich wäre liebend gern im Mittleren Osten geblieben.«

»Wäre dir lieber gewesen, nichts von seinem Tod zu erfahren?« In seiner Miene las ich Gerissenheit, obwohl in seinen Augen der Alkohol bereits seine Spuren hinterließ. »Würde sogar zu dir passen.«

»Da liegst du verdammt richtig. Nachdem er mich mit den Worten ›ein Bastard hat hier nichts mehr zu suchen‹ aus dem Haus geschmissen hat, ging auch das letzte bisschen Respekt für ihn flöten. Du hättest dir das Porto sparen können.« Ich trank die Dose leer und zerquetschte sie in meiner Hand. Achtlos ließ ich sie ins Gras fallen und nahm eine neue. »Allerdings frage ich mich, woher du zum Teufel das Geld für den teuren Wagen und den Umbau hast? Und komm mir nicht wieder mit deiner Floskel, dass du zum arbeitenden Volk gehörst.«

»Isch hatte die Mittel, und isch hatte die Kontakte«, bemerkte Paul mit schwerer Zunge.

Ich grinste. Er fing tatsächlich schon an zu lallen. Das wurde zunehmend besser für mich.

»Sag mir nicht, dass du den Aston Martin geklaut gekauft hast.«

»Isch? Nee …« Paul schüttelte den Kopf und stieß erneut einen Rülpser aus.

»Woher hast du das Geld?«

»Dasch willscht du nisch wirklisch wischen.«

Mir blieb nicht mehr viel Zeit, er hatte bereits ordentlich einen im Kahn. Auch ich spürte einen leichten alkoholischen Schwindel, mit dem sich wenigstens die neue Situation leichter ertragen ließ. Ein schnöder Hausbesitzer zu sein, war nicht auf meiner Lebensliste vermerkt.

»Sonst würde ich nicht fragen.«

»Hohe Hypothek auf dasch Hausch«, lallte Paul.

Hielt er mich für so beschränkt? Ami hätte das doch sicher erwähnt. *Es sei denn, sie hat keine Ahnung.*

»Wie kannst du auf etwas eine Hypothek aufnehmen, das dir noch gar nicht gehört?«

Ha! Ich hatte Paul bei den Eiern gepackt. Er schluckte nervös, fing sich aber gleich wieder. Ich meinte sogar, Verachtung in seinem betrunkenen Blick zu erkennen, aber vielleicht lag das auch an meiner Sehkraft, die inzwischen leichte Schlagseite aufwies.

»Dasch geht disch nischts an.« Er schnaubte verächtlich.

Mit dem Handballen rieb ich meine Augen, auf die sich ein leichter Schleier gelegt hatte. Der Plan, meinem Bruder betrunken Infos zu entlocken, ging eindeutig in die Hose.

Paul stieß einen weiteren Rülpser aus, als er die Dose geleert hatte. »Isch hab genug.«

Er benötigte drei Anläufe, um auf die Beine zu kommen. Ich sah keinen Anlass, ihm aufzuhelfen.

»Scheische …«, entwich es ihm, und letztlich krabbelte er auf allen vieren über den Rasen zum Haus.

Das sah so bescheuert aus, dass ich mir das Lachen nicht verkneifen konnte.

* * *

Den Abend verbrachte ich mit Schreiben, während ich von Paul und Luke nichts mehr zu sehen bekam. Mal sehen, wie lange sie brauchten, bis ihnen aufging, dass miteinander reden besser war, als davonzulaufen.

Ich starrte den Monitor an, etwas hemmte meinen Schreibfluss. Auch ich brauchte Zeit, um mit der neuen Gegebenheit zurechtzukommen. Ich ging nach unten in die Küche, um mir Nervennahrung in Form von Schokolade zu gönnen.

Das erste Stück ließ ich auf der Zunge zergehen. Ich schloss die Augen und gab einen genießerischen Laut von mir. Als ich die Augen aufschlug und mich umdrehte, drohte mir die Schokolade aus der Hand zu rutschen. »O mein Gott!«

Splitternackt stand Luke vor mir und grinste mich an. Er sah derbe angeheitert aus. »Habt ihr eine Packung Milch über?«

Geschwind drehte ich mich weg. Mein Puls schoss in schwindelerregende Höhe. »Verdammt! Kannst du dir nichts überziehen?«

»Warum?«

»Weil … weil das …« Ich stotterte wie ein verklemmtes Schulmädchen.

Garantiert bekam Luke mit, dass mich sein Anblick nervös machte.

»Du siehst mich nicht zum ersten Mal nackt«, flüsterte er an mein Ohr, während er sich an mir vorbeischob und an den Kühlschrank trat. Der Duft seines Duschgels stieg mir in die Nase. »Du weißt, wie ich bestückt bin.«

Das mochte stimmen, trotzdem stieg Hitze in mir hoch. Ich kehrte Luke demonstrativ den Rücken zu.

»Paul wird stinksauer, wenn er mitkriegt, dass du nackt durch unsere Küche wanderst«, zischte ich verärgert.

»Nur, wenn wir es ihm verraten.« Mit Schwung schlug er die Kühlschranktür zu und kam einige Schritte auf mich zu.

Aus den Augenwinkeln erkannte ich, dass er die Milch gefunden hatte. »Außerdem hat er zu viel Bier intus. Der bekommt nichts mehr mit.«

Ich schnappte hörbar nach Luft. »Ihr habt euch einen gebechert?«

»Jepp. Wir mussten doch auf unser Erbe anstoßen.« Seine Stimme triefte vor Boshaftigkeit.

Ehrlich? Das überraschte mich, dass die beiden einen über den Durst getrunken hatten, ohne sich gegenseitig an die Gurgel zu gehen.

»Paul hat richtig zugelangt. Der Tag hat ihm offenbar ziemlich zugesetzt.«

»Er muss morgen früh zu einem Termin nach Edinburgh.« Ich schnaufte verärgert, da ich diejenige war, die Paul aus dem Bett bekommen musste.

Ich hoffte, dass mein Blick finster genug war, als ich Luke ansah. Ich zwang mich dazu, mich auf sein Gesicht zu konzentrieren. Er schwankte leicht hin und her. Offensichtlich hatten sie alle drei Sixpacks geleert.

»Jetzt schau nicht so sauer, Amilein«, spottete Luke und hielt die Milchpackung hoch. »Ich besorge eine neue.«

Mir drohte die Galle hochzukommen, da Luke es bestens verstand, mich auf die Palme zu bringen. Ich wandte den Blick von seinem heißen Körper ab.

»Herrgott, es geht mir nicht um die blöde Milch«, murmelte ich verärgert. »Du hättest dir wenigstens eine Unterhose überziehen können. Du besitzt überhaupt keinen Funken Schamgefühl oder Anstand.«

»Erregt dich das?« Aus den Augenwinkeln sah ich, dass er auf sein bestes Stück wies. O ja, er war nicht nur angeheitert, sondern total betrunken, wobei sich der Alkohol nicht auf sein Sprachzentrum auswirkte.

»Weißt du noch, wie wild wir es getrieben haben? Ich habe mein Pulver noch nicht verschossen. Wir könnten unsere Erinnerungen gleich hier auf der Arbeitsplatte auffrischen.« Luke schob sich in mein Blickfeld, und ich starrte in seine animalischen Augen. »Ich kann mir nicht vorstellen, dass mein verklemmter Bruder dich ordentlich befriedigt.«

Mir blieb die Luft weg, weil er den Nagel so gezielt auf den

Kopf traf. Stand mir die Bettflaute so sehr ins Gesicht geschrieben?

Luke schwankte leicht mit dem Oberkörper nach vorn. Ich trat zurück.

»Du hast heute Mittag geweint«, flüsterte er, seine Stimme rau wie Schmirgelpapier. »Wieso?«

Erstaunlich, dass ihm das gerade jetzt einfiel. Nicht jeder würde mit solch einem Alkoholpegel noch geradeaus denken.

»Das geht dich nichts an.«

»Wie hat mein Bruder dich überhaupt rumgekriegt?« Er strich einige Haarsträhnen aus meinem Gesicht.

Die Geste wirkte vertraut. Mein Innerstes sehnte sich danach, dass mich jemand berührte. Ich wollte einfach nur mal wieder gehalten werden, menschliche Wärme spüren.

»Bist du immer noch so unersättlich wie damals?«

Der Satz wirkte wie eine kalte Dusche. Logisch, dass Luke nur auf eins aus war: mich flachzulegen.

Ich fand meine Stimme wieder. »Geh ins Bett. Du bist betrunken.«

»Na und?« Er grinste. »Kommst du mit?«

Luke war frech, dreist – und trotzdem fand ich ihn äußerst anziehend. Ich würde jedoch nicht einen Gedanken daran verschwenden, mit ihm eine heiße Nummer zu schieben.

»Warum benimmst du dich ständig wie ein Ekel?«

»Weil ich es kann«, flüsterte er, während sein Gesicht dem meinen näherkam.

Ich wich zurück. »Du brauchst mir kein Theater vorzuspielen, Luke. Ich weiß, wie du bist.«

»Ernsthaft? Du glaubst mich zu kennen? Mir war schon immer egal, was die Welt von mir denkt.«

»Ich weiß«, wisperte ich. »Deshalb bist du damals über sprichwörtliche Leichen gegangen.«

Ich wusste nicht, weshalb ich die Vergangenheit überhaupt erwähnte. Fest stand, dass ich mir seine Anmachsprüche nicht länger anhörte. Zum ersten Mal sah ich Verunsicherung in seiner Miene.

»Was meinst du damit?«

»Dass du Menschen verletzt hast, war dir völlig egal, als du zur Armee gegangen bist.«

Unter seinem rechten Auge zuckte ein Muskel. Er sah nun überhaupt nicht mehr betrunken aus. »Falls du damit andeuten willst, dass mir der Abschied nicht nahegegangen ist, liegst du falsch.« Er stockte und fügte leise hinzu. »Ich hatte dich nicht verdient.« Bedauern spiegelte sich in seiner Miene.

Ich fühlte einen alten Schmerz – einem Phantomschmerz gleich, denn dieser Teil meines Herzens war von Luke herausgerissen worden.

»Es hat dich nicht sonderlich interessiert, dass ich auf der Strecke geblieben bin«, wisperte ich. »Auch das war dir egal.«

Luke streckte die Hand aus, ließ sie jedoch im nächsten Moment sinken. »Dich zurückzulassen war mir nicht egal. Du warst der einzige Mensch, der mir etwas bedeutet hat.«

Nicht ein Wort glaubte ich ihm. Luke besaß keinen blassen Schimmer, was ich durchgemacht hatte. *Ich bin jeden Morgen erwacht und wusste nicht, wofür. Ich wollte nicht mehr an dich denken.* Ich hatte mir geschworen, ohne Luke klarzukommen – was ich eines Tages auch bestens gemeistert hatte.

»Du bist gegangen, ohne zurückzublicken. Nicht ein einziges Mal hast du dich bei mir gemeldet. Nur durch Paul habe ich manchmal etwas erfahren. Erzähl mir also nicht, ich hätte dir was bedeutet.«

Lukes Augen sahen klar und hellwach aus. Etwas Fremdes regte sich in seinem Blick, das ich bisher noch nie bei ihm gesehen hatte. »Glaub, was du glauben möchtest, Ami.«

»Da sei dir sicher, das tue ich.«

Dass er mir nackt gegenüberstand, war meinem Körper mehr als bewusst. Gedanklich haute ich mir eine runter, bevor meine Hormone mich noch zu etwas Unklugem verleiteten. Tatsächlich wirkte ich auf andere Männer noch attraktiv. Das reichte mir jedoch nicht, ich wollte von Herzen geliebt und nicht nur auf meinen Körper reduziert werden.

Lag es an mir, dass Paul mich mied? Seine Arbeit vorzuschieben, erschien mir zu fadenscheinig.

Ich sah zur Seite. Der Kummer, von dem ich annahm, ihn überwunden zu haben, griff nach mir. Dabei hatte ich mir doch geschworen, nicht wieder zu weinen.

Am Rande bekam ich mit, dass Luke seinen Arm um mich legte und mich zu sich heranzog. Ich ließ das geschehen, meine ausgehungerte Seele sehnte sich nach menschlicher Nähe.

* * *

Mir fehlte eindeutig der Überblick, weshalb ich Ami zu mir heranzog. Sie sah traurig aus, und ich wollte nicht, dass sie traurig war. Für ein paar Sekunden lag ihr Körper samtweich in meinen Armen. Sie schmiegte sich an mich, wie sie es früher getan hatte. Ich wurde das Gefühl nicht los, dass sie Trost suchte. Paul war ein Arsch.

Er hat Ami nicht verdient.

Ich verscheuchte den Gedanken. Das ging mich überhaupt nichts an. Ami war Vergangenheit. Sie glaubte mir nicht, dass mein Herz ebenso schwer gewesen war wie ihres.

Fakt war, dass mir die Entscheidung unfassbar schwergefallen war, einen Schlussstrich zu ziehen. Ich hatte meinem Leben endlich einen Sinn geben wollen, als ich mich beim Militär einschrieb. Wenn ich jetzt genauer darüber nachdachte, hatte ich mich oft genug am Riemen reißen müssen, um Ami aus meinen Kopf zu verbannen. Der erste Auslandseinsatz hatte mir die nötige Ablenkung gegeben, endlich Abstand zu meiner Vergangenheit zu gewinnen. Mittlerweile wusste ich, dass mein Entschluss eine Fehleinschätzung gewesen war, anzunehmen, mein Vater würde mich als Soldat endlich akzeptieren.

Ich seufzte resigniert. Der Alkohol konnte meine melancholischen Gedanken nicht vertreiben.

Amis Körper fühlte sich jedoch verdammt gut und erregend an. Ich senkte meinen Kopf. Unsere Lippen schwebten für einen Augenblick übereinander, dann legte ich meine auf ihre. Sie seufzte leise. Ihr Mund öffnete sich, und sie ließ mich ein. Unsere Zungen trafen sich – sinnlich und sanft. Dieser Kuss war die Bestätigung, dass sie immer noch auf mich stand.

Ich versuchte, ihr nicht meinen harten Schwanz an den Unterleib zu drücken, obwohl ich mehr als bereit war, sie auf der Stelle zu nehmen. Sie war genau die Frau, die ich jetzt wollte. Ich wusste, wie gut der Sex mit ihr war. Heiß und wild, so ganz nach meinem Geschmack. Erinnerungen waren da, um gepflegt zu werden. Mein Körper wäre also dafür, ihren zu beglücken.

Im nächsten Augenblick versteifte sie sich und stieß mich mit einem wütenden Fauchen weg. Ihre Wangen waren gerötet, sie atmete hektisch. Ami war erregt, das konnte sie nicht verbergen.

»Wage nie wieder, mich zu küssen, Luke«, stieß sie atemlos hervor. »Ich will das nicht.«

Ich grinste, ahnte, dass sie das doch wollte. Mein Testosteronpegel war deutlich im roten Bereich.

»Du warst schon immer eine miserable Lügnerin, Ami. Du bist ganz scharf darauf, dass ich es dir auf Teufel komm raus besorge – so wie früher.«

Ihre Hand schoss vor und traf meine Wange. Ich ignorierte den Schmerz.

»Du bist widerlich. Außerdem liegst du vollkommen falsch.«

»Trotzdem konntest du nicht widerstehen. Den besten Sex hat man mit dem Ex, hast du das noch nicht gewusst?«

»Ich bin kein billiges Betthäschen. Das werde ich auch niemals sein.«

Welcher Dämon mich auch ritt, ihr das alles so an den Kopf zu werfen, mir taten meine Worte leid. Natürlich war sie kein leicht zu habendes Betthäschen. Ami war der anständigste Mensch, den ich kannte. Wieso konnte ich ihr nicht freundlich begegnen? Warum kehrte ich ständig den inneren Schweinehund heraus? Ich sollte wirklich sofort ins Bett gehen. Der Tag war schon lang genug gewesen.

Ich griff zum Milchkarton und trat einige Schritte von Ami weg, bevor ich wirklich noch über sie herfallen würde.

»Gute Nacht«, sagte ich und verschwand in meinem neuen Reich.

O Mann, ich sollte morgen unbedingt ins *Clarius* gehen oder die heiße Notarin anrufen, die mir beim ausgiebigen Händeschütteln ihre Nummer zugesteckt hatte.

* * *

Bei Gott, ich fühlte mich noch ganz benommen von seinem Kuss. Ich hatte wissen wollen, ob sich seine Lippen noch genauso anfühlten wie damals. Welche Gefühle sein Kuss nach so langer Zeit in mir wecken würde. Ein süßer, hingebungsvoller Moment, ich hatte ihn in vollen Zügen genossen. Seine Lippen, so vertraut und intensiv, waren noch genauso berauschend wie damals.

Die Zeit löscht nichts davon aus – viel mehr gewinnt das Gefühl an Intensität.

Allein die Tatsache, dass es nicht recht war, Pauls Bruder zu küssen, hatte mich die rettende Reißleine ziehen lassen. Ans Schreiben war nicht mehr zu denken, dafür war ich viel zu aufgewühlt.

Ich klappte meinen Laptop zu und ging ins Schlafzimmer. Das Flurlicht warf seinen Schein auf Pauls Bettseite. Für einige Sekunden betrachtete ich den Mann im Bett. Paul lag schnarchend darin. Er trug sogar noch seine Kleidung. Ich hatte überhaupt nicht bemerkt, dass die beiden einen über den Durst getrunken hatten. So weit war unsere Liebe mittlerweile gekommen. Paul und ich lebten aneinander vorbei. Ein »Gute Nacht« oder sonst ein liebes Wort war schon zu viel in unserer Beziehung.

Stattdessen küsse ich meinen nackten Exfreund in unserer Küche.

Paul und ich mussten dringend reden, auch wenn das aussichtlos war – zumindest war es für mich einen Versuch wert.

Ich seufzte und knipste das Flurlicht aus.

Im Dunkeln legte ich meine Kleidung ab und schlüpfte unter die kalte Bettdecke. Die Kälte löschte jedoch nicht das Feuer, das noch in mir wütete. Trotz meiner moralischen Bedenken hatte mich Lukes Kuss erregt. Für einige Minuten hatte ich mich danach gesehnt, dass seine Hände mich überall erkundeten.

Die Vorstellung von hemmungslosem Sex war mit einem Mal so erregend, dass meine Hand in meinem Slip verschwand. Meine Fingerspitzen glitten sanft über meine Klitoris. Meine Hemmung fiel in sich zusammen. Ich hatte nicht geahnt, wie hungrig ich in Wirklichkeit war – *bis Luke mich küsste.* Ein leises Keuchen entwich meinen Lippen, während ich die Augen schloss und den Druck erhöhte.

Dass Paul schlafend neben mir lag, wurde zur Nebensache. Ich befand mich in einem Meer aus Ektase. Das Feuer wurde zu einem Inferno, und ich musste mich beherrschen, nicht laut aufzustöhnen. Meine andere Hand strich über meine harten Brustwarzen, feuerte mich dazu an, endlich den Gipfel zu erstürmen.

Ich war so sensibel, dass ich nicht lange brauchen würde, um zum Orgasmus zu kommen. Hinter meinen geschlossenen Lidern flammte Lukes Gesicht auf, das beunruhigte mich nicht einmal. Meine Finger massierten fester. In meiner Phantasie war er derjenige, der mir diesen Genuss bescherte. Ich bekam kein schlechtes Gewissen.

Ein Zucken fuhr durch meine Glieder, wobei sich meine Finger in die Bettdecke krallten. Der Höhepunkt nahte. Am liebsten hätte ich laut gestöhnt. Eine Explosion schien mich wegzuschleudern, eine Welle brach über mir zusammen. Ich drückte die Hand auf meinem Mund, um die wollüstigen Laute zu ersticken. Die Woge verebbte, und das folgende Nachbeben ließ mich leise seufzen. Ich fühlte mich matt und unheimlich gut, wie schon seit Monaten nicht mehr. Eine Last schien von mir genommen.

Mein Blick schweifte zur anderen Bettseite. Paul schlief weiterhin seinen Rausch aus, sein Schnarchen war sogar um einiges lauter geworden.

O Gott, wenn der wüsste, was ich getan habe …

Anstatt mich schlecht zu fühlen, erfüllte mich eine wahre Euphorie. Zufrieden kuschelte ich mich in meine Bettdecke und schlief kurze Zeit später befriedigt ein.

* * *

Ich warf mich aufs Bett.

In meinem Kopf schwirrte Ami herum. Die Gedanken waren wie ein Kreisel, der sich immer schneller drehte. Ich hätte noch nicht mal sagen können, warum ich nach dem Duschen völlig nackt in ihrer Küche aufgetaucht war. Eigentlich hatte ich auch nicht damit gerechnet, Ami zu so später Stunde dort vorzufinden. Ich hätte mir die Milch geschnappt und gut. Aber als ich sie an dem Schrank hatte stehen sehen, waren mir einige Sicherungen durchgebrannt. Mochte sein, dass ich nur meinem Bruder eins auswischen wollte. Mittlerweile machte mich der Gedanke rasend, dass er sich meine Exfreundin geangelt hatte.

Ich wälzte mich auf die rechte Seite und schloss die Augen. Hinter meinen Lidern tauchte das Bild einer jüngeren Ami auf, die lächelnd zu mir aufsah. Natürlich hatte ich damals schon gewusst, dass sie auf mich stand.

In jeder Sekunde, die wir miteinander verbracht hatten, war mir das klargewesen. Ihre Schwärmerei konnte Ami nie gut verstecken. Sie war mir jedoch zu jung gewesen. Was hätte ich als neunzehnjähriger Mann mit einem fünfzehnjährigen Mädchen anfangen sollen? Meine Hörner stieß ich mir lieber bei reiferen Frauen ab – an Angeboten hatte es nicht gemangelt.

Ich drehte mich auf die andere Seite, um Ami von dieser Seitenperspektive zu vertreiben. Der Gedankenkreisel drehte sich jedoch weiter. Zwei weitere Jahre waren ins Land gezogen, bis sie mein Interesse wecken konnte.

Ich denke gern daran zurück, wie sie mir an dem heißen Sommertag begegnet ist. Die Hotpants an ihren zarten Hüften und das enge Top bringen mich beinahe um den Verstand, während sie mich kokett anlächelt. Ich fühle mich wie gebannt von ihrem Anblick …

Inzwischen war ich mir nicht mehr sicher, ob sie vielleicht mich verführte statt ich sie. Im Heuschober des alten Millers nahm ich ihr die Unschuld. Der berauschende Duft nach Heu und das wunderbare Gefühl, dass Ami das anschmiegsamste Geschöpf auf dieser Erde war, machte unser Zusammensein geradezu perfekt.

Von dem Zeitpunkt an waren wir wie Pech und Schwefel gewesen. Keine Frau hatte es mir so sehr angetan, wie Ami Steward.

Das scheint noch heute so zu sein.

Weshalb zerbrach ich mir über die Vergangenheit den Kopf? Ich war zufrieden mit dem, was ich hatte. Oder etwa nicht? Über meine Gefühle zu Ami musste ich mir ernsthaft Gedanken machen.

Kapitel 7

Himmlisch hatte ich geschlafen.

Mein süßes Erlebnis schien etwas in mir zum Leben erweckt zu haben – ich fühlte mich sensibilisiert und für jeden Spaß zu haben. Ich hatte einfach gute Laune.

Paul war bereits gefahren. Offenbar hatte er es doch allein geschafft, sich am frühen Morgen aus dem Bett zu quälen. Ohne eine Verabschiedung war er gefahren, völlig lieblos. Heute Abend sahen wir uns erst wieder, und dann würde ich den Stier bei den Hörnern packen. Eine Aussprache war fällig, von der unsere Beziehung abhing.

Ich schob die Beine unter der Bettdecke hervor, schnappte meinen Bademantel und tappte ins Badezimmer. Nachdem ich mich gewaschen und meine Zähne geputzt hatte, ging ich hinunter, um Kaffee aufzusetzen. Die Bodenfliesen fühlten sich kalt unter meinen Fußsohlen an. Für ein paar Sekunden lauschte ich den Geräuschen im Haus, nur das leise Ticken der Wanduhren war zu hören. Ich würde die herrliche Ruhe nutzen, um weiter an meinem Buch zu schreiben.

Mein Blick wanderte zur Kaffeemaschine. Der Kaffee war bereits fertig. Ich starrte das schwarze Gebräu an, glaubte nicht daran, dass Paul Kaffee aufgesetzt hatte.

Luke.

Der Teufel steckte im Detail, als sich die Tür zum Anbau öffnete.

Lukes Erscheinen wirkte fast so, als ob er nur darauf gewartet hätte, dass ich in die Küche kam. Rasch wandte ich den Blick ab. *Vermutlich wandert er erneut nackt durch unsere Küche.*

»Guten Morgen, Ami.« Er schob sich an mir vorbei, und ich riskierte einen flinken Blick in seine Richtung.

Meine Anspannung wich, Luke trug eine Jogginghose. Über seiner Schulter lag ein Handtuch. Seine dunklen kurzen Haare sahen feucht aus. Okay, er hatte also nicht wie ein Spanner vor der Tür gestanden.

»Guten Morgen«, sagte ich.

»Hast du gut geschlafen?« Luke schob sich erneut an mir vorbei, um aus dem Oberschrank eine Tasse zu holen.

Absicht oder nicht, dieses Mal drückte er sich flüchtig an mich. »Ist Paul schon weg?«, fragte er leise an mein Ohr.

»Ja.« Ich trat zur Seite.

Schlagartig wurde mir bewusst, dass wir völlig allein waren. *Kein Paul, der uns bei irgendetwas stört. Keine Unterbrechung, die uns aus dem Strudel herausreißt. Keine …* Verdammt, was für Gedanken hegte ich?

Nervös fuhr ich durch mein Haar, während Luke sich Kaffee eingoss. Er lehnte sich mit seinem wohlgeformten Hintern gegen die Arbeitsplatte und betrachtete mich dabei, wie ich Müsli in eine Schale kippte. Wie er dastand, sah einfach zu hinreißend aus.

»Sag mal, bist du unter deinem Bademantel etwa nackt?«

Die Frage überrumpelte mich dermaßen, dass mir beinahe die Müslipackung aus der Hand fiel. Fand er das etwa amüsant?

»Das geht dich überhaupt nichts an.«

Erst jetzt drehte ich mich in seine Richtung, und was ich in seinen Augen las, ließ mich überrascht Atem holen. Ich ahnte, dass ich Luke nicht widerstehen könnte, dafür war ich zu – um meine Gefühle primitiv auszudrücken – geil auf mehr. Es war nicht so, dass Luke in meiner morgendlichen Planung vorgesehen war, aber …

»Am besten gehst du jetzt, okay?« sagte ich mit fester Stimme.

… er könnte mir den Morgen versüßen.

»Wenn ich aber nicht will, *Ami.*«

Allein, wie er meinen Namen betonte, ließ die kleine Flamme in mir zu einem Buschfeuer auflodern. *Nein, ich darf nicht mal daran denken.*

Luke stellte die Tasse beiseite und trat auf mich zu. Seine Nähe ließ mich wohlig erzittern. Seit vergangener Nacht gab es offenbar so einiges, was meine Hormone für gut befanden. Ich zog den Frotteegürtel enger.

»Du brauchst dich vor mir nicht zu verstecken. Ich weiß, dass dein Körper ein wahrer Augenschmaus ist.« Sein Blick teilte mir mit, dass hier gleich die Hölle ausbrechen würde. »Ich erkunde ihn gern erneut. Wir sind allein, niemand wird uns stören«, fügte er flüsternd hinzu.

»Wie kommst du zu dieser weisen Voraussicht?« erwiderte ich scharf. »Ich werde Paul nicht betrügen, auch wenn wir im Moment ein paar kleine Probleme haben.«

»Ein paar kleine Probleme nennst du das?«

»Ja.«

»Euer gestriger Streit war nicht zu überhören. Ich bin genau im Bilde.« Luke schmunzelte. »Von mir wird er nichts erfahren, wenn du ihm auch nichts sagst.«

In dem Moment, als sich seine Hand sanft in meinen Nacken schob, legte sich in mir ein Schalter um, der die Außenwelt komplett auslöschte.

»Unsere abendliche Begegnung hat mich die halbe Nacht wachgehalten«, sagte er mit rauer Stimme. »Ich habe genug Phantasien, die ich mit dir erleben möchte. Hab keine Angst davor, dich fallenzulassen. Du weißt, ich fange dich auf.«

Seine Lippen fühlten sich fest und warm an, als sie sich auf meine legten. Seine Zunge schob sich vor. Ja, Luke hatte mich immer aufgefangen, egal, in welcher Situation. An meiner Seite hatte er gestanden. Ich hatte nie vergessen, wie unsere Beziehung gewesen war – die Jahre löschten sich nicht einfach aus. Ein Seufzer steckte in meiner Kehle. *Luke küsst so himmlisch.*

Mein Körper fiel mir in den Rücken, in dem er sich fordernd an seinen drückte. Luke presste mich gegen den Tresen, während wir wie Teenager herumknutschten. Ich war nicht fähig, ihn wegzustoßen. Eine Lebendigkeit erfüllte mich, die ich seit Monaten vermisste. Ich fühlte mich begehrt, geliebt und nicht mehr tot. Luke stillte meine Sehnsucht, endlich von jemanden berührt zu werden und mich nicht mehr wie eine Aussätzige zu fühlen.

Seine Erektion pochte an meinem Unterleib, und ich empfand das als richtig. Diese Härte sollte mich vollkommen ausfüllen. Mich zum Wimmern und Stöhnen bringen, um den Gipfel der Lust zu erstürmen. Ein Keuchen löste sich aus meiner Kehle, als sich unsere Lippen trennten.

»Du machst mich wahnsinnig.« Lukes leise Stimme strich samtig über meine Haut.

Er stand kurz davor, mir zu zeigen, wie sich Mann und Frau liebten. Tatsächlich war ich drauf und dran, mit meinem Exfreund zu schlafen. Nichts anderes wollte ich.

»Wie kann man eine Frau wie dich so dermaßen unbefriedigt lassen«, raunte er, wobei er mich an den Küchentisch drängte.

Ja, wie konnte Paul mich ignorieren, während ein anderer Mann mich offensichtlich heiß fand? Lukes Hände schoben sich zwischen die Falten des Bademantels, um meine Pobacken sanft zu massieren. Er küsste mich erneut – gierig und hungrig. Seine schlanken, langen Finger schienen überall gleichzeitig zu sein. Meine Haut glühte unter seinen Händen. Genauso hatte ich diese Begegnung ersehnt.

Ein übermächtiges Verlangen wütete in mir. Ich wollte ihn spüren – jetzt, sofort.

Porzellan fiel scheppernd zu Boden. Auch die restlichen Dinge fegten wir hinunter. Wie zwei Ertrinkende klammerten wir uns aneinander. In seinen Augen las ich wildes Verlangen, als sich unsere Lippen trennten. Er sagte kein weiteres Wort, während er mich auf die Tischplatte setzte und meine Beine leicht spreizte. Mein Puls schoss katapultartig in die Höhe: Luke schob meinen Slip zur Seite und ließ seinen Finger in mich hinein gleiten. Keuchend bog ich meinen Unterleib seiner Hand entgegen. Sein Finger glitt auf und ab, während sein Daumen sanft meine Klitoris massierte.

Sein nächster Kuss gab mir das Versprechen, dass dies noch nicht der letzte Schritt war. Der zweite Finger folgte, und sein Daumen erhöhte das Tempo. Das war sogar noch besser als mein süßes Erlebnis von gestern Nacht. In mir brannte ein Höllenfeuer.

»Du bist immer noch ein unanständiges, heißes Luder«, flüsterte Luke und schob den Bademantel auseinander, um meine Brutwarzen mit seiner Zunge zu liebkosen. Sie waren hart und schmerzten beinahe, als er sie zwischen seine Lippen nahm und an ihnen saugte.

Ich schlüpfte vollends aus dem Bademantel, um ihm zu signalisieren, dass ich das volle Programm wollte. Ich verschwendete nicht einen Gedanken an die Außenwelt. Der Mann, der mich hier in den Wahnsinn trieb, war der Mittelpunkt in meinem Kopf.

Luke drückte mich auf die Tischplatte zurück. Mit einer fließenden Handbewegung schob er meinen Slip hinunter. Ich zitterte vor Erregung, als ich nackt vor ihm lag und er mich betrachtete. Er winkelte meine Beine an und verschwand zwischen meinen Schenkeln. Er küsste die empfindlichen Innenseiten. Ich schloss die Augen und ließ mich fallen. Immer höher wanderte sein Mund, während seine Zunge kleine Kreise zog. Ich glaubte, auf der Stelle zu explodieren, als seine Zunge mich dem Orgasmus entgegentrieb.

»O mein Gott«, hauchte ich, wobei er mich heftiger stimulierte.

Wie sanfte Peitschenhiebe schnellte Lukes Zunge über meine Klitoris. Mein Körper gehörte nicht mehr mir. Er bäumte sich zu einer gigantischen Entladung auf. Die heiße Welle schwappte über mich hinweg. Meine Lustschreie hallten durch die untere

Etage, und es war mir gleichgültig, dass jeder Nachbar das hören konnte.

Der Orgasmus überrollte mich wie eine Feuerwalze. Ein letztes Beben durchfuhr meinen Körper und ließ mich wie auf einer Wolke schwebend zurück. Nur am Rande bekam ich mit, dass Luke mich auf seine Arme nahm und zum Sofa trug.

»Verhütest du?«, hörte ich ihn mit heiserer Stimme flüstern.

»Ja«, hauchte ich, fühlte mich noch zu benommen, um einen klaren Gedanken zu fassen.

Ich hörte Kleidung rascheln und öffnete die Augen. Luke schien auf einmal über mir zu schweben. Bis ich checkte, dass er zwischen meinen Beinen kniete und mich ansah. In seinen Augen brannte ein Feuer, und es brannte nur für mich. Seine Hände gruben sich unter meinen Hintern, hoben ihn sanft in die Höhe.

»Nimm es mir nicht übel, aber ich kann nicht anders, als …« Ein Laut, der Ton kam einem Knurren gleich, löste sich aus seiner Kehle, als er tief in mich drang. Auch ich stieß einen wohligen Seufzer aus.

Mit einem Mal wurde mir klar, dass er kein Kondom übergezogen hatte.

»Wieso benutzt du kein Kondom?«

»Keine Sorge, du bist die Erste, mit der ich es ohne Gummi mache«, stieß er heiser hervor. »Ich bin sauber, du brauchst keine Angst vor Krankheiten zu haben. Ich lasse mich regelmäßig vom Militärarzt durchchecken.«

»Du hättest mich trotzdem vorher fragen müssen.«

Seine Bewegungen löschten alle weiteren Bedenken aus.

Während seine Zunge sich einen Weg in meinen Mund bahnte, drang er tiefer in meinen heißen Schoß und trieb mich zu höchster Lust.

Obwohl wir einen heißen Drahtseilakt hinlegten, vermochte ich nicht mehr aufzuhören. Dieses Zusammensein war einfach zu schön.

* * *

Der Moment, als ich Ami mit leicht zerzaustem Haar in der Küche stehen sah, ließ sämtliche Sicherungen in mir durchbrennen. Ich verfolgte nur noch ein Ziel: Ami zu besitzen, meinem Bruder zu zeigen, wie man die kleine Wildkatze befriedigte.

Von Anfang an war klargewesen, dass wir es treiben würden. Allzu oft hatte ich Amis Blicke gesehen. Dass mein Bruder diesen wundervollen Körper mied, verstand ich nicht. Man musste entweder schwul oder impotent sein, wenn man diese Frau ignorierte.

Meine Hand grub sich in ihr langes Haar, während ich sie küsste und in ihren tollen Körper hineinstieß. Ami war so feucht, dass mir meine Sinne komplett zu entgleiten drohten. Ich musste sie in natura spüren. Ich hatte Bock auf Ami, warum sollte ich ein Gummi benutzen?

Beide waren wir ausgehungert, beide hatten wir den Sex bitter nötig. So anständig war sie wohl doch nicht. Von Treue hielt sie offensichtlich nichts mehr.

Ihre Nägel fuhren wie Rasiermesser über meine Oberarme, das fachte meine Geilheit nur noch mehr an. Ihr hemmungsloses Stöhnen trieb mich in den Wahnsinn.

Ami war immer noch die kleine Wildkatze, und nur ich war fähig, sie zu zähmen. Meinem Bruder war garantiert nicht bewusst, was für einen heißen Feger er an seiner Seite hatte. Ich würde es ihr bis zur Besinnungslosigkeit besorgen, sie bettelte förmlich darum. Und um Sex ließ ich mich nicht lange bitten.

Meine Lenden brodelten, der erste Schuss ließ nicht mehr lange auf sich warten. Ami schob mir ihren Unterleib entgegen, was für mich hieß: Stoß tiefer!

Wollüstig veränderte sie die Position ihrer Beine, um meinen harten Schwanz tiefer in sich aufzunehmen. Ich stieß ungezügelt zu, immer und immer wieder. Ihr schamloses Stöhnen zu hören war für mich ein Hochgenuss, ihren feuchten Schoß zu erkunden eine wahre Euphorie. Ich wusste genau, wie Ami sich anfühlte. Niemals hatte ich das berauschende Gefühl vergessen.

Von einem Moment auf den anderen stieß sie einen ekstatischen Schrei aus. Ich spürte, wie ihre inneren Muskeln kontrahierten, meine Härte sanft massierten. In mir explodierte es ebenso. Ich glaubte mich einer Ohnmacht nahe, als ich mich in ihr ergoss. Ihr Körper wölbte sich mir entgegen und bereitete aus meinem Höhepunkt ein einziges Feuerwerk. Die Erlösung rang mir ein lautes Stöhnen ab. Regungslos blieb ich auf ihr liegen und vergrub mein Gesicht in ihrem Haar. Ami fühlte sich so gut an, dass ich nicht aus ihrer feuchten Tiefe gleiten wollte.

Eine angenehme Stille breitete sich um uns herum aus, bis ihre Finger vorsichtig über meinen Rücken strichen.

»Wie bist du zu den Narben gekommen?«, fragte sie leise.

Ihre Frage kam einer kalten Dusche gleich. Wenn es eins gab, was ich nicht gerne tat, dann war es über den Krieg zu sprechen. Das weckte nur unnötig die Dämonen in mir. Langsam zog ich mich aus ihr zurück. Der intime Moment war dahin. Ich hob den Kopf, um sie anzusehen. Ihre Miene sah ernst aus.

»Metallsplitter. Unser *Panther* fuhr über eine Sprengfalle der Taliban.«

»Und die hier?« Ihre Finger strichen sanft über die lange Narbe. Die Berührung war mir unangenehm.

»Eine Bombe, die mitten in einem Dorf hochging.«

»Du redest nicht gern über deine Erlebnisse?«

»Nein, tue ich nicht.« Meine Stimme klang ruppig, obwohl ich das nicht beabsichtigt hatte.

Ich zog mich von ihr zurück, was mir aufgrund unserer körperlichen Nähe nicht wirklich gefiel. Eigentlich hatte ich länger bei ihr bleiben wollen.

»Tut mir leid, dass ich gefragt habe«, entgegnete sie gedämpft.

Ami sah geknickt aus. Ob sie ein schlechtes Gewissen plagte, weil wir Paul betrogen hatten? Meine Bedenken hielten sich bis jetzt in Grenzen. Die verletzten Gefühle von Paul waren mir sowieso einerlei, aber Amis Gesichtsausdruck … der berührte mein Herz.

Momentan wusste ich nicht, was es weiteres zu sagen gab, also stand ich auf. Aus mir unerklärlichen Gründen war mir sogar die Lust auf eine zweite oder dritte Runde vergangen. Ich brauchte erst mal einen Kaffee und ging zum Küchentresen.

Auf dem Boden lagen etliche Porzellanscherben und Müsli. Einige Milchspritzer hatten die Kühlschranktür getroffen. Das Chaos zeigte, dass unser kleines Stelldichein noch ernsthaftere Ausmaße hätte annehmen können.

Ami nahm den Bademantel und ihren Slip. Schweigend ging sie Richtung Treppe. Ich sah ihr hinterher, und ein eigenartiges Gefühl der Leere ergriff mich: *Ich hätte meine Finger bei mir behalten sollen …*

Kapitel 8

Seit einer gefühlten halben Stunde stand ich regungslos unter der Dusche. Meine Tränen vermischten sich mit dem Wasser und verloren sich im Abfluss. Das warme Wasser löschte mein schlechtes Gewissen nicht aus.

Was hatte ich getan? Ich fühlte mich schlecht, mein Fehltritt wurde mir vollends bewusst. Ich hatte Paul betrogen, und dafür gab es keine Entschuldigung oder Ausreden. Ordinär war ich gewesen, triebgesteuert und völlig von der Rolle.

Luke ist der falsche Mann.

Dass er kein Kondom benutzt hatte, zeigte, wie rücksichtslos er in Wirklichkeit war. Luke war kein netter Mensch. Warum hatte ich angenommen, Afghanistan hätte ihn in irgendeiner Weise verändert?

Wütend ballte ich die Hände. *Was zum Teufel noch mal habe ich mir dabei gedacht?*

Ich griff zum Shampoo und wusch meine Haare. Seltsamerweise meinte ich immer noch, seine Hände auf meiner Haut zu fühlen. Meine Sinne hielten das für richtig, während mein Verstand auf mich einprügelte. Gab es überhaupt Worte, die ansatzweise das beschrieben, wie ich mich fühlte? Ich wusch meine Haare aus und blieb noch für einige Minuten unter der Dusche stehen.

Die Schweinerei in der Küche musste ich bereinigen und mir den Kopf zermartern, wie ich Paul heute Abend meinen Betrug beichten sollte. Das war der endgültige Genickbruch für unsere

Beziehung. Vielleicht hatte ich mich sogar mit Absicht auf Luke eingelassen, um sämtliche Brücken zu einer Beziehung einzureißen, die mich schon lange nicht mehr glücklich machte.

Ich drehte das Wasser ab. »Wahrscheinlich ist es das Beste, wenn ich mir noch diesen Monat eine eigene Wohnung suche«, murmelte ich.

Mit dem Badetuch umwickelt ging ich ins Schlafzimmer und trocknete mich ab. Ich nahm frische Unterwäsche, eine bequeme Baumwollhose und ein Sweatshirt aus dem Kleiderschrank. Nach einigen gescheiterten Versuchen, meine nassen verknoteten Haare zu bürsten, gab ich auf und legte die Bürste beiseite.

Bevor ich auf die Treppe zuging, atmete ich durch und wappnete mich für das, was folgen könnte. Am oberen Treppenabsatz lauschte ich auf die Geräusche in der unteren Etage. Wieder war nur das Ticken der Uhren zu hören. Langsam ging ich die Stufen hinunter und fand die Küche sauber vor. Luke hatte die Bescherung beseitigt. Wenigstens so viel Anstand besaß er. Zum Glück war von ihm selbst nichts zu sehen. Ich hatte keinen Schimmer, wie wir uns zukünftig begegnen sollten.

Es klingelte an der Haustür. Ich ging den Flur entlang und erkannte hinter der Milchglasscheibe zwei Umrisse. Ein beklemmendes Gefühl ergriff mich. Meine Hand schwebte über der Klinke, nicht sicher, ob ich die Tür öffnen sollte.

Erneut klingelte es.

»Polizei. Wir müssen mit Ihnen reden, Miss Steward«, rief diesmal eine Frau.

Vorsichtig drückte ich die Klinke hinunter und sah mich sogleich einem Dienstausweis gegenüber. Als ich in die Gesichter der in Zivil gekleideten Polizisten sah, ahnte ich: Etwas Schlimmes war passiert.

Der mitleidige Blick der Frau sagte alles und nichts. »Ich bin Inspector Lewis und das«, sie wies auf den blonden Mann hinter sich, »ist Inspector McConnor. Dürfen wir hereinkommen, Miss Steward? Wir müssen mit Ihnen reden.«

»Was ist passiert?«, fragte ich leise.

»Dürfen wir bitte hereinkommen? Dann besprechen wir alles.«

Ich ließ die beiden eintreten. Der Mann nickte mir im Vorbeigehen zu. Im Wohnzimmer sahen sie sich für meinen Geschmack zu genau um. Sie schienen jeden Winkel zu scannen.

»Ist etwas mit meiner Mutter? Ist ihr etwas passiert?«

»Um Ihre Mutter geht es nicht, Miss Steward. Es hat einen tragischen Unfall gegeben«, sagte Inspector Lewis mitfühlend. »In der Brieftasche von Mister Adams steht, dass Sie benachrichtigt werden sollen, falls …«

»Falls was?« Die Ahnung wurde zur Wirklichkeit.

»Tut uns leid, Ihnen das mitteilen zu müssen, aber Mister Adams hatte heute Morgen auf der M9 einen tödlichen Autounfall.«

»Was?« Ich taumelte zurück, glaubte, in einem Alptraum zu stecken. Das war bestimmt nur ein Traum. Paul? Tödlicher Autounfall? War das die Strafe dafür, dass ich ihn mit seinem Bruder betrogen hatte?

»Nein, das ist nicht wahr«, entwich es mir.

Störrisch schüttelte ich den Kopf. Vielleicht ließ mich das erwachen?

»Das Unglück ist wahr, Miss Steward. Tut uns sehr leid. Mein aufrichtiges Beileid.«

Aufrichtiges Beileid? Das war kein Traum?

Die Umgebung drehte sich wie ein Kreisel.

Ich habe Paul betrogen, während er auf der M9 ums Leben gekommen ist.

»Miss Steward, vielleicht setzen Sie sich besser.« Inspector Lewis trat besorgt vor.

Jemand schien mir die Füße wegzuziehen und die Schwerkraft zog mich nach unten. Ich spürte nur noch zwei Arme, die mich auffingen und tauchte in vergessene Dunkelheit ab.

* * *

Ohnmächtig fiel Ami in meine Arme.

Ihre feuchten Haare streiften meine rechte Wange. Jedes Wort hatte ich mitbekommen. Fassungslosigkeit oder Trauer blieben bei mir jedoch aus. Ich trug Ami zum Sofa. Dass wir vor nicht mal knapp einer Stunde auf diesem Sofa Sex gehabt hatten, ließ für einen Augenblick meine Triebe erwachen.

Mensch, Adams, reiß dich zusammen!

Ami sah blass aus. Ich tastete nach ihrem Puls, zog eine Fleecedecke vom Sessel und deckte sie zu.

»Und wer sind Sie?«, fragte Inspector McConnor.

»Ich bin Luke Adams, Pauls Bruder«, sagte ich leise. »Und ich habe da ein paar Fragen an Sie.«

»Sollen wir nicht zuerst einen Krankenwagen rufen?« Inspector Lewis, sah mich besorgt an.

»Ami … Miss Steward ist nur ohnmächtig. Ich versorge sie, sobald sie aufwacht. Keine Sorge, ich bin Soldat, ich weiß, was in solchen Fällen zu tun ist.« Ich trat auf die Polizisten zu. »Wie ist der Unfall passiert? Wissen Sie schon etwas Genaueres?«

»Mister Adams war wahrscheinlich zu schnell unterwegs.«

»Wahrscheinlich?«

»Die Untersuchungen laufen noch.«

Mein Instinkt meldete, dass da noch mehr war. »Sie können Klartext mit mir reden.«

»Wir vermuten, dass es sich um eine vorsätzliche Tat handelt.«

»Soll heißen? Dass mein Bruder Selbstmord begangen hat?«

Inspector Lewis schüttelte den Kopf. »Nein. Die Bremsen waren möglicherweise manipuliert. Die Fahrbahn war voller Bremsflüssigkeit. Ihr Bruder wurde mit allergrößter Wahrscheinlichkeit ermordet.«

Ich glaubte, in einem Fass mit heißem Öl zu stecken. In was für einen Mist hatte sich mein Bruder reingeritten, dass man ihn ermordete?

»Haben Sie einen Verdächtigen?«

»Dafür ist es noch zu früh. Sie müssten jedoch noch heute zur Gerichtsmedizin kommen, um den Leichnam Ihres Bruders zu identifizieren. Und ein paar Fragen zu ihm hätten wir da auch noch.«

Ich warf einen schnellen Blick über die Schulter, um mich zu vergewissern, dass Ami noch ohnmächtig war.

»Ich bin erst seit gestern in der Stadt. Ich war die letzten acht Jahre in Afghanistan. Ich glaube nicht, dass ich Ihnen eine Hilfe sein kann, wenn es um das Leben meines Bruders geht. Miss Steward kann Ihnen da sicher mehr berichten.«

Inspector McConnor sah zu Ami. »Wenn es Miss Steward einigermaßen bessergeht, geben Sie uns bitte Bescheid.« Er zog eine Visitenkarte aus seiner Jackentasche. »Meine Handynummer.«

Ich nickte. »Okay.«

»Sie scheinen nicht sehr von Trauer erfüllt zu sein«, bemerkte McConnor mit kritischem Blick.

War ich auch nicht. Wie sollte ich dem Polizisten klarmachen, dass Paul und ich nie ein herzliches Verhältnis gehabt hatten? Dass wir uns, wenn ich ehrlich war, meist wie zwei Bluthunde beäugt hatten? Mein Bruder war tot, und ich fühlte rein gar nichts.

»Mein Bruder und ich waren nie die dicksten Freunde«, erklärte ich mit ernster Stimme. »Dass ich Soldat geworden bin und den Krieg der Familie vorgezogen habe, hat er mir niemals verziehen.«

Der Inspector nickte und murmelte seiner Kollegin etwas zu, dass ich nicht verstand.

»Halten Sie sich trotzdem für eventuelle Fragen bereit«, sagte Inspector Lewis.

»Geht klar.«

Ich begleitete die beiden zur Haustür.

Als ich ins Wohnzimmer zurückging, sah ich mich mit einem anderen Problem konfrontiert: Wie ging Ami zukünftig mit Pauls Tod um? Ich konnte ihr nicht sagen, dass er möglicherweise ermordet worden war. Dass verkraftete sie bestimmt nicht.

Ich holte ein Glas Wasser und ein feuchtes Geschirrtuch aus der Küche, bevor Ami zu Bewusstsein kommen würde und womöglich in ihrer Trauer Zeter und Mordio schrie.

Ihre Lider flatterten, als ich das Tuch auf ihre Stirn legte. Sie nuschelte etwas.

»Alles wird gut«, sagte ich, nicht sicher, ob das auch wirklich eintraf.

Amis Augen rissen sich plötzlich auf. Als sie mich erblickte, füllten sie sich mit Tränen. Zeter und Mordio blieb zum Glück aus.

»Ich habe das nicht geträumt, nicht wahr?«, fragte sie mit gedämpfter Stimme.

»Nein, hast du nicht.«

Sie schlug die Hände vors Gesicht und weinte. Ihr haltloses Schluchzen ging mir nah. Ich nahm das Tuch von ihrer Stirn, schob meinen Arm unter ihre Schulter und zog sie zu mir heran. Schwer fiel ihr Oberkörper gegen mich. Für einen Moment klammerte sie sich an mich, bis sie mich von jetzt auf gleich wegstieß. Ami sah verwirrt aus, sie stand unter Schock. An ihren Wangen schimmerten Tränen und der Anblick versetzte mir einen unerwarteten Hieb.

»Was willst *du* überhaupt noch hier?«, fauchte sie.

Ich verübelte ihr das nicht, jeder ging mit der Trauer anders um. Ami wählte die garstige Variante. Meinetwegen durfte sie mich beschimpfen, wenn sie sich dadurch besser fühlte.

»Ich habe dir Wasser gebracht.« Ich nahm das Glas vom Tisch und hielt es ihr entgegen.

Ihre Hand schoss vor, und das Glas zerschellte auf dem Boden. Das Wasser tränkte meine Hosenbeine.

»Seit wann benimmst du dich so fürsorglich?«, giftete sie. »Dich interessieren andere Menschen sowieso nicht.«

Da irrte sie sich gewaltig. In mir steckte viel mehr Fürsorge, als ich zu zeigen bereit war.

»Lass mich in Ruhe!« Ihre Unterlippe zitterte leicht, und mich überkam das Verlangen, das Zittern wegzuküssen.

»Ich konnte mich nicht mal von ihm verabschieden«, flüsterte sie mit erstickter Stimme. »Paul und ich haben uns nicht ausgesprochen. Er ist gestorben, während wir gevögelt haben.«

Der letzte Satz klang abfällig. Auch das verübelte ihr nicht, inzwischen war mir der Fehler selbst klar.

»Ich weiß«, sagte ich leise. »Und es tut mir leid.«

»Ach? Dir tut mal etwas leid? Deine Heucheleien kannst du dir sparen!«

Ich versuchte weiterhin, den ruhigen Part bei dieser Unterhaltung zu spielen. Ami war zu verwirrt, um überhaupt klar denken zu können. Zum Sex gehörten immerhin zwei, aber das würde ich ihr im Augenblick nicht unter die Nase reiben.

Sie wandte den Blick ab. An ihren Wangen liefen Tränen hinunter. »Ich will allein sein«, murmelte sie.

Die Idee befürwortete ich nicht.

»Vergiss es. Ich lasse dich nicht allein.«

»Wann kapierst du, dass ich dich nicht in meiner Nähe haben will?«

Ich stand auf und setzte mich in den Sessel gegenüber. »Besser so?«

Schweigend sah Ami mich an.

»Wir brauchen nicht zu reden, wenn du das nicht willst, aber ich werde dich in diesem Zustand nicht alleinlassen.« Ich setzte mich bequemer in den Sessel und wog ab, ob ich es wagen konnte, ihr einen Kaffee zu bringen. Heißer Kaffee spielte in einer ganz anderen Liga, sollte mein Bein damit Bekanntschaft machen. Im Augenblick traute ich Ami solch eine unbedachte Tat durchaus zu.

»Wie ist der Unfall passiert?«, brach sie ihr Schweigen. »Haben die Polizisten etwas gesagt?«

Ich nickte. »Paul ist zu schnell gefahren.«

Ihre Unterlippe zitterte erneut. Ami senkte den Kopf, die feuchten Haare bedeckten ihr Gesicht. Leise schluchzte sie, und ich beschloss, das Risiko einer heißen Beindusche einzugehen.

Ich ging zum Tresen und füllte unsere Tassen. Nach wie vor tranken wir beide unseren Kaffee schwarz – daran hatte sich nie etwas geändert. Als ich die Tasse auf den Tisch stellte, trat ich sogleich aus der Schusslinie. Ami hob den Kopf und fixierte das Heißgetränk. Ich blieb vorsichtshalber stehen, damit ich zur Seite hechten konnte, falls sie auf die Idee kam, die Tasse nach mir zu werfen.

»Danke«, sagte sie stattdessen, wischte sich über ihre Wangen und griff nach der Tasse.

Ich entspannte und setzte mich in den Sessel.

Amis Hände zitterten, als sie von dem Kaffee trank. Den ersten Schock schien sie überwunden zu haben.

»Eigentlich hatte ich die Beziehung mit Paul beenden wollen, falls er sich nicht mit mir aussprechen wollte«, sagte sie mit gedämpfter Stimme. »Wir haben uns im letzten halben Jahr auseinandergelebt. Paul war verschlossen und aggressiv – verbal, nicht körperlich. Er hat nur noch wenig gesprochen, mich regelrecht gemieden.«

Ihren Streit hatte ich mitbekommen. Bereits da war ich zu dem Schluss gekommen, dass mein Bruder Ami nicht verdiente.

»Ich habe die Schuld sogar bei mir gesucht. Gedacht, dass ich diejenige bin, die ihn dazu treibt.« Ernst sah Ami mich an. »Dabei stimmte etwas mit ihm nicht.«

Dass mein Bruder in irgendwas verwickelt gewesen war, dass ihm letztlich das Leben gekostet hatte, warf meinerseits die Frage auf, ob Ami nun in Gefahr schwebte. Wie viel wusste sie? Möglich, dass jemand auch nach ihrem Leben trachtete?

»Was weißt du über Pauls Geschäfte?«, hakte ich nach. »Du solltest ehrlich zu mir sein. Arbeitet er tatsächlich noch in der Versicherungsbranche?«

»Das hat er jedenfalls gesagt.«

»Schwer vorstellbar, wenn ich an sein Auto und die teure Einrichtung in diesem Haus denke. Eure Möbel sind massives, teures Kirschholz.«

Ami sah sich um. Zum ersten Mal schien ihr bewusst zu werden, wie luxusbezogen mein Bruder war. »Wir suchten die Möbel aus einem Katalog aus. Mir waren sie eigentlich zu teuer, aber Paul sagte, er hätte das Geld.«

Aufmerksam fixierte ich sie. »Hast du nie gefragt, woher genau er so viel Geld hat?«

»Doch, habe ich. Paul meinte, ich solle nicht so viel fragen und froh sein, dass seine neue Stelle so viel abwirft.«

Seit wann war Ami so leicht abzufertigen? Ich kannte sie so nicht.

»Aha, seine neue Stelle also«, bemerkte ich. »Paul muss demnach einen guten Nebenjob gehabt haben.«

Dass ich Ami mit meinem Einwand möglicherweise zum Grübeln anregte, schob ich beiseite. Das mochte egoistisch klingen, aber ich wollte unbedingt hinter die Kulissen meines Bruders blicken. Paul war möglicherweise ein kleiner Gauner geworden. Die Sonne schien ihm nicht nur aus dem Hintern, sondern auch aus seiner Geldbörse.

»Ich weiß von keinem Nebenjob«, erwiderte Ami.

Offenbar hatte mein Bruder Ami monatelang, wenn nicht sogar jahrelang, für dumm verkauft. Das verdiente sie nicht. Besser, ich schloss das Thema Finanzen vorerst. Ich wollte nicht, dass sie noch mehr litt.

»Haben die Polizisten sonst noch was gesagt?«, fragte sie.

Sollte ich mit den Fakten herausrücken? Ich war nicht sicher.

»Ich muss zur endgültigen Identifizierung in die Gerichtsmedizin. Ich werde das allein erledigen.«

Ami nickte. Sie war nicht in der Verfassung, Pauls Leiche zu identifizieren. Dafür standen sie sich zu nah. Seltsam. Der Gedanke erzeugte ein bitteres Gefühl.

»Außerdem möchte die Polizei dir ein paar Fragen über Paul stellen, wenn es dir bessergeht.«

Ami sah unnatürlich blass aus. Ob sie ahnte, dass Pauls plötzlicher Tod nicht ganz koscher war? »Was wollen die von mir?«

»Möglicherweise die vielen Fragen beantworten, die Paul aufgeworfen hat.«

»Ich weiß doch nichts.« Sie senkte erneut den Kopf, die Verzweiflung in ihrem Gesicht bemerkte ich trotzdem.

»Das wissen die ja nicht. Ich möchte, dass du eine Freundin anrufst, die solange bei dir bleibt.«

Trotzig sah Ami aus, als sie den Kopf hob. »Warum? Glaubst du, ich nehme mir das Leben? Zur Erinnerung: Ich war Paul sowieso egal. Weshalb noch lange trauern? Ich war ihm so viel wert wie ein dicker Kuhfladen.«

Ami war noch lange nicht übern Berg, sonst würde sie nicht so reden. Sie spielte nur die Tapfere. Mochte sein, dass mein Bruder das Interesse an Ami verloren hatte, egal war sie ihm bestimmt nicht gewesen. Der Gedanke führte mir erneut vor Augen, dass wir besser die Finger bei uns gelassen hätten.

»Ruf eine Freundin an. Bitte.«

»Nein.«

»Wenn du das nicht machst, mache ich es.«

Eigentlich müsste sie wissen, dass ich zu der besonders hartnäckigen Sorte gehörte. *Eher gefriert die Hölle, als dass ich sie in ihrer Verfassung im Regen stehen lasse.*

»Du hast keinen Schimmer, wer meine Freunde sind.« Sie klang wie ein kleines trotziges Mädchen, das kein Eis bekommen hatte.

»Sabrina. Ich nehme an, es handelt sich um Sabrina Williams. Mag sein, dass sie heute einen anderen Nachnamen trägt, früher hieß sie auf jeden Fall so.« Ich fischte das Telefon aus der Ladestation. »Ruf sie an.«

Ami seufzte resigniert und nahm das Telefon. Endlich hatte sie verstanden, dass sie mich nicht einfach so abschüttelte. Warum begriff sie nicht, dass ich mir Gedanken um sie machte?

Sie drückte eine Taste und ließ das Telefon im nächsten Augenblick sinken. »Willst du nicht mal gehen?«

Für wie blöd hielt sie mich? Sobald ich ihr den Rücken zukehrte, würde sie niemanden anrufen. Ich schüttelte den Kopf und verschränkte abwartend die Arme vor der Brust. »Nein, ich warte, bis du ihr Bescheid gesagt hast.«

»Seit wann gibst du dich so rührend? Ist doch sonst nicht deine Art.«

Die Frage konnte selbst ich nicht beantworten. Aus rätselhaften Gründen fühlte ich mich Ami verpflichtet.

Kapitel 9

In meine Trauer hatte sich Wut gemischt, die mir den nötigen Halt gab, nicht wieder völlig die Fassung zu verlieren. In Sabrinas blauen Augen waren Tränen zu sehen, während ich die Tapfere herauskehrte. Nie wieder würde ich um Paul weinen. *Der Mistkerl hat mich sowieso nicht mehr geliebt. Um mich würde er auch nicht trauern.*

Die Gedanken mochten irrsinnig sein, sie fachten meinen Unmut nur noch mehr an.

Sabrina legte die Arme um mich, und ich blinzelte die Tränen weg. Ihre blonden Haare kitzelten meine Wange. Sie war ein lieber Mensch, meine beste Freundin und immer für mich da, wenn ich sie brauchte. In letzter Zeit war das recht häufig vorgekommen, dass ich mein Herz bei ihr ausgeschüttet hatte.

»Tut mir leid«, flüsterte sie.

Entschlossen schob ich sie weg. »Schon gut.«

Ihr verwirrter Gesichtsausdruck entging mir nicht. Mein Verhalten mochte auf sie befremdlich wirken, mir brachte es den nötigen Abstand.

Luke saß im Sessel und betrachtete mich mit Argusaugen. Herrgott, wollte er nicht endlich mal abhauen? Seine plötzliche Bemutterung konnte er sich sparen.

Ich wies in seine Richtung. »Luke kennst du sicher noch?«

Sabrina sah mich verwirrt an. Meine Frage war eigentlich überflüssig. Natürlich kannte sie ihn noch.

»An der Haustür habe ich ihn schon wiedererkannt«, sagte sie.

»Ich fahre jetzt zur Gerichtsmedizin.« Luke stand auf. »Darf ich dein Auto nehmen, Ami?«

Ich tat eine flüchtige Handbewegung Richtung Flur. »Der Schlüssel ist dort, wo du ihn gestern hingehängt hast – im Schlüsselkästchen.«

Bevor Luke in den Flur trat, drehte er sich noch einmal um. »Sabrina bleibt so lange bei dir, bis ich wieder da bin. Das wird bestimmt nicht lange dauern.« Er ging, und wenig später war das Motorengeräusch meines Autos zu hören.

Eine unangenehme Stille herrschte zwischen Sabrina und mir.

»Möchtest du reden?«, fragte sie schließlich.

Wollte ich über Paul reden? Momentan nicht. Mir war vielmehr nach Verdrängen zumute. Ich schüttelte den Kopf.

»Trauerst du überhaupt nicht um Paul?« Mit der Frage war zu rechnen gewesen, dennoch verlangte mir nach störrischer Zurückhaltung.

»Wie du weißt, hat er sowieso nichts mehr von unserer Beziehung oder von mir gehalten.« Meine Stimme klang trotzig, da ich auf Biegen und Brechen an dieser Meinung festhielt.

»Aber …« Sabrina stockte und fügte gedämpft hinzu. »Sei mir nicht böse, aber ich verstehe dich nicht.«

Womöglich verstand mein Verhalten niemand, ich kapierte das nicht mal selbst. Was stimmte nicht mit mir?

»Du stehst wahrscheinlich noch unter Schock, Ami. Das ist normal.«

Den ersten Schock hatte ich längst überwunden. Ich griff nach Sabrinas Hand, um ihr zu zeigen, dass ich meine nächsten Worte nicht böse meinte.

»Ich habe in der letzten Zeit genug über Paul geredet. Lass uns bitte über etwas anderes reden.«

Sie nickte. »Okay.«

»Das Soldatenleben scheint Luke gut zu bekommen«, wechselte sie das Thema. Mir entging nicht, wie etwas in ihrem Blick aufblitzte.

Ich wusste, dass auch sie in Luke verknallt gewesen war. Beide hatten wir ihn als junge Mädels fast bis zur Besinnungslosigkeit angeschmachtet, doch mich hatte Luke letztlich gewählt. Noch heute konnte ich nicht abschätzen, ob Sabrina deswegen sauer oder eifersüchtig gewesen war. All die Jahre hatte das unsere Freundschaft nicht getrübt – oder vielleicht doch?

»Nicht nur das«, nuschelte ich schließlich. »Er ist immer noch der ungehobelte Kerl von damals.«

»Ohhh, entnehme ich da etwa Missmut?« Sie grinste.

»Nein.«

Garantiert würde ich ihr nicht von unserem morgendlichen Intermezzo erzählen. Keine Ahnung, wieso ich mich dagegen sträubte. Möglicherweise wollte ich nicht, dass sie schlecht von mir dachte. Wie hörte sich das auch an: Paul war gestorben, während ich mit seinem Bruder geschlafen hatte? Völliger Nonsens.

»Wie lange wird er bleiben?« Neugierig sah Sabrina mich an.

»Weiß ich nicht.«

»Wie seid ihr euch begegnet?«, fragte sie weiter. »Ich meine, euer erstes Zusammentreffen nach acht Jahren?«

»Ganz normal. Hör zu, ich bin dir dankbar, dass du mich ablenken möchtest, aber ich möchte auch nicht über Luke reden. Okay?«

»Okay.« Sabrina nickte. »Wie du möchtest.«

Das Telefon klingelte.

Fragend sah sie mich an. »Soll ich rangehen?«

»Ja, bitte.«

»Hier bei Adams und Steward«, sagte Sabrina in den Hörer.

Sie lauschte einen Augenblick, wobei auf ihrer Stirn eine steile Falte erschien.

»Einen Moment.« Sie hielt die Sprechmuschel zu. »Ein Mister McGrady von einer McGrady & Co Nachlassverwaltung möchte mit dir reden«, flüsterte sie. »Er sagt, es ist dringend.«

»Nachlassverwaltung? Ich weiß von keiner.«

»Hat Paul einen Vertrag mit denen abgeschlossen?«

»Das weiß ich nicht.« Ich kam mir wie in einer Waschmaschine vor – im höchsten Schleudergang.

»Möchtest du mit Mister McGrady reden? Ich kann ihm auch sagen, dass du dazu noch nicht in der Lage bist.«

»Nein, ich möchte wissen, was er zu sagen hat.«

Sabrina drückte mir den Hörer in die Hand.

»Hallo, hier ist Ami Steward«, sagte ich leise in den Hörer.

»Guten Tag, Miss Steward«, grüßte eine kräftige Männerstimme mit leichtem Akzent. »Mein Name ist Lester McGrady, ich bin der beauftragte Nachlassverwalter von Paul Adams.«

Mir eröffnete sich nicht, woher dieser McGrady so schnell von Pauls Tod erfahren hatte. War das überhaupt möglich?

»Woher wissen Sie davon? Ich meine, mein Freund ist erst heute …«

»Mein Beileid, Miss Steward.« Seine Stimme klang zu emotionslos, als dass ich seine Bekundung herzlich auffasste. Meine Frage ignorierte er geflissentlich.

»Ich verstehe auch nicht ganz, wieso ein gerichtlicher Nachlassverwalter …«

»Wir sind ein privates Unternehmen«, fuhr er mir abermals ins Wort. »Jede Privatperson kann uns beauftragen, sein Hab und Gut zu verwalten.«

»Ich weiß nichts von einem Nachlass, Mister McGrady«, gestand ich, während mir leicht übel wurde.

Am anderen Ende der Leitung herrschte Stille.

»Wer hat Sie beauftragt?«, fragte ich weiter.

»Mister Paul Adams natürlich.«

Ich konnte den Tatbestand nicht glauben. »Wann?«

»Vor einem halben Jahr. Ich kann Ihnen gerne eine Abschrift der Vollmacht zuschicken, damit Sie selbst überprüfen können, dass alles seine Richtigkeit hat.«

»Ja, ich bitte darum.«

»Mister Adams' Lebensversicherung und Vorsorgefonds wurden vorzeitig aufgelöst, und das Geld liegt nun bereit.«

Ein harter, schmerzhafter Knoten bildete sich in meiner Magengegend. Ich verstand nicht, weshalb Paul die Verträge vorzeitig hätte kündigen sollen. »Wann wurden die Verträge gekündigt?«

Ich vernahm, dass der Mann emsig in den Unterlagen herumblätterte. »Vor drei Monaten.«

Drei Monate? Aber das hieß …

»Die Beträge sind nicht unerheblich«, durchdrang die kräftige Stimme meine Sinne. »Um die sechshunderttausend Pfund. Um aber auf den Punkt zu kommen, Miss Steward, Sie sind leider nicht die Begünstigte. Da Sie nicht mit Mister Adams verheiratet waren, haben Sie keinerlei Anspruch auf sein Vermögen.«

Vermögen?

Mir fiel beinahe der Hörer aus der Hand. Was für ein Vermögen sollte das sein? Paul war noch nicht mal beerdigt, und ein Nachlassverwalter schacherte schon um Pauls Geld? Was für Neuigkeiten kamen denn noch zutage?

»Woher wissen Sie, dass mein Freund gestorben ist?« Meine laute Stimme duldete diesmal keine Ignoranz.

»Wir sind mit der elektronischen Datenbank der Polizei verknüpft. Um einen reibungslosen Ablauf der Nachlässe zu gewährleisten, erklären sich unsere Klienten dazu bereit, uns Zugriff auf diese Daten zu gewähren. Nach einem Todesfall werden wir umgehend benachrichtigt.«

War das tatsächlich so?

»Die Abschrift schicke ich Ihnen ebenso zu, wenn Sie das wünschen, Miss Steward.«

»Ja, auch die möchte ich sehen.«

Ich vernahm reges Papierrascheln. »Kommen wir zu Mister Adams' Haus. Auch darauf haben Sie keinen Anspruch. Allerdings gibt es noch ein paar andere Unklarheiten.«

»Unklarheiten?« Ich fühlte mich wie in einer Achterbahn. Im Klartext: Ich stand nicht nur mittellos da, sondern wurde auch noch obdachlos.

»Die Jahreseinkünfte von über einer Million Pfund.«

Ich japste wie eine Ertrinkende nach Atem. Mir wurde zunehmend schwindelig. Sabrina setzte sich mit sorgenvoller Miene zu mir.

»Falls ich richtig gerechnet habe, ergibt alles zusammen ein Vermögen von fast zwei Million Pfund.«

»O mein Gott.« Ich fasste mir an den Hals, glaubte, dadurch leichter atmen zu können.

Pauls Versicherungsjob warf niemals so viel ab. Woher besaß er so viel Geld?

»Ich möchte Sie bitten, Mister Adams' Kontoauszüge bei mir vorzulegen, damit ich die letzten Ausgaben überprüfen kann. Ich gebe Ihnen unsere Faxnummer.«

Obwohl ich nicht verstand, was McGrady da noch überprüfen musste, entwich mir ein leises »Okay«. Der Anwalt gab mir die Nummer. Meine Hand zitterte so sehr, dass ich Probleme hatte, den Stift zu halten. Ich schaffte es irgendwie, die Zahlen auf den Rand einer Zeitschrift zu notieren.

»Wie aus den Unterlagen zu ersehen ist, gibt es noch einen Luke Adams«, sagte Mister McGrady schließlich.

»Das ist Pauls Bruder.«

»Da Luke Adams die Hälfte des Grundstücks gehört und der Anbau, wird der Verkauf schwierig für uns werden.«

»Schwierig für *Sie*?« Meine Stimme klang piepsig.

»Ja, wir als beauftragte Nachlassverwaltung werden das Haus veräußern. Mister Luke Adams ist als Erbe ausgeschlossen worden. Auf die Klausel hat unser Klient bestanden. Falls Mister Adams dagegen vorgehen möchte, sehen wir uns vor Gericht wieder.« Seine Stimme klang selbstgefällig und siegessicher.

Ich war zu fassungslos, um etwas darauf zu erwidern.

»Da ferner keine weiteren Erben existieren, werden wir vorerst das gesamte Vermögen verwalten. Sie haben drei Monate Zeit, aus dem Haus auszuziehen …«

Die Worte waren wie ein Hammerschlag auf meine imaginäre Schutzmauer. Sie bekam Risse, als wäre sie aus dünnem Glas.

Ich meinte sogar das laute Knacken zu hören. Sabrinas besorgtes Gesicht verzerrte sich zu einer grotesken Masse. Ich kippte nach vorn und ein scharfer Schmerz durchfuhr meine Stirn.

Kapitel 10

Inspector Lewis nickte mir zu, als ich den heruntergekühlten Raum der Leichenhalle betrat. Sie musterte mich eingehend, da ich immer noch nicht den trauernden Bruder spielte. Meinetwegen durfte sie mich auf den Kopf stellen und mich als möglichen Verdächtigen erfassen, trotzdem würde sie nichts finden.

Ich war nervös, als der Mediziner an ein Kühlfach trat, es öffnete und die Bahre mit Schwung herauszog. Die Umrisse eines Leichnams zeichneten sich unter dem weißen Tuch ab. Fragend sah der Arzt mich an.

»Wenn Sie bereit sind, Mister Adams?«

Ich nickte. In meinem Soldatenleben hatte ich bereits genug Leichen gesehen – blutig und unblutig. Das mochte kalt und seltsam wirken. Paul war für mich nur eine Leiche unter vielen, da gab es keine tiefere Verbindung.

Der Mediziner schlug das Tuch zurück, und ich trat einen Schritt vor. Die Erkenntnis traf mich mit voller Breitseite.

»Das ist nicht mein Bruder«, sagte ich.

»Bitte?« Verdutzt sah der Mann mich an.

»Ich sagte, das ist nicht Paul.«

»Aber …« Hilfesuchend blickte er zu Inspector Lewis.

»Wer ist der Mann dann?«

Ich drehte mich zu der Frau um. »Das weiß ich doch nicht. Fakt ist«, ich wies auf den Toten, »das ist nicht mein Bruder Paul. Diese Person sieht ihm zwar ähnlich, er ist es aber nicht.«

»Er trug das Mobiltelefon und die Papiere Ihres Bruders bei

sich. Wir haben jedes Detail akribisch überprüft.« Inspector Lewis trat zu mir. In ihren braunen Augen lauerte Skepsis. »Und er saß im Auto Ihres Bruders. Ein Leichnam sieht immer anders aus als die Person zu Lebzeiten. Sehen Sie bitte noch einmal genauer hin. Vielleicht irren Sie sich?«

»Ich irre mich nicht, Inspector Lewis. Das ist *nicht mein Bruder.*«

Der Mediziner und die Polizistin sahen sich verständnislos an.

»Okay«, lenkte Inspector Lewis ein, »gesetzt den Fall, Sie haben Recht, Mister Adams, wo ist Ihr Bruder abgeblieben?«

Gute Frage. Wo war Paul? Und wer zum Teufel war der Mann auf der Bahre? Was hatte er mit Pauls Handy, Papieren und seinem Auto zu schaffen gehabt?

»Das Auto wurde nicht als gestohlen gemeldet, und die Zulassungspapiere sind ebenfalls sauber«, fügte sie hinzu. »Auch das haben wir überprüft.«

»Ich kann Ihnen nicht helfen. Ich kenne den Mann auf der Bahre nicht.«

Inspector Lewis zog ein Smartphone aus ihrer Jackentasche und entfernte sich ein paar Schritte. Hektisch sprach sie in das Telefon.

Verwirrt sah der Mediziner mich an. »Dann kann ich den Leichnam wieder hineinschieben?«

»Ja.«

Die Leiche verschwand in der Schublade.

Was hast du getan, Paul? Wessen Leiche ist das?

»Wir werden nun eine DNA-Analyse starten, um die Identität des Mannes festzustellen. Vielleicht ist er in unserer Datenbank vertreten.« Forschend sah sie mich an. »Und Sie sind wirklich sicher, dass der Tote nicht Ihr Bruder ist?«

Ich sparte mir lieber die Antwort und sah sie mit einem entnervten Gesichtsausdruck an.

Sie nickte. »Gut. Trotzdem möchte ich Sie bitten, sich für anfallende Fragen zur Verfügung zu halten.«

»Kein Problem, ich bin noch länger in der Stadt.«

»Wann müssen Sie zu Ihrem Stützpunkt zurück?«

»Ich wurde von meinem General auf unbestimmte Zeit freigestellt.«

»Wir würden Miss Steward in den nächsten Tagen gern ein paar Fragen stellen. Vielleicht weiß sie, wo Ihr Bruder sich aufhält.«

»Ich glaube nicht, dass Miss Steward im Bilde ist.«

Inspector Lewis lächelte leicht. »Sie glauben gar nicht, wie vielen scheinbar unnützen Infos von Angehörigen oder Freunden wir nachgehen, die sich später als wertvolle Hinweise entpuppen.«

Mochte wahr sein, dennoch war Ami völlig unwissend. In was für eine Scheiße war Paul da hineingeraten? Wer war an seiner statt gestorben? Und warum? Oder hatte etwa mein Bruder den Mann um die Ecke gebracht?

»Okay. Ich werde es Miss Steward noch einmal ausrichten.«

»Hier haben Sie meine Telefonnummer.« Inspector Lewis hielt mir eine Karte hin, die ich in meiner Hosentasche verschwinden ließ, ohne sie anzuschauen.

Ich wollte nur weg. Die Tatsache, dass mein Bruder möglicherweise in eine zwielichtige Sache verstrickt war, lenkte meine Sorge auf Ami zurück.

»Bis dann, Inspector.« Ich wandte mich zum Gehen und verließ den kalten Raum.

Dass meine Schritte immer schneller wurden, lag womöglich daran, dass ich mich mit der neuen Situation zunehmend überfordert fühlte.

* * *

Ich saß in einer Schiffschaukel, anders war mein Zustand nicht zu erklären. Die hohen Wellen machten mich seekrank. Eine Decke lag auf mir, meine Hand ertastete etwas Weiches. Ich blinzelte und erkannte eine verschwommene Gestalt, die neben mir auf der Bettkante saß.

»Geht es dir wieder gut?« Sabrina.

Mein Blick klärte sich, und ich sah ihre besorgte Miene. Ich fasste an meine Stirn und erfühlte ein großes Pflaster. Mein Gesicht fühlte sich taub an. Eine Gelassenheit herrschte in mir, die mir für einen Moment Sorge bereitete. Es war nicht so, dass mir der Verlust egal geworden war, viel mehr existierte eine gewisse Hinnahme der Dinge. Was stimmte denn jetzt nicht mit mir?

»Was ist passiert?« Das war unmöglich meine Stimme, die sich wie Schmirgelpapier anhörte.

»Du bist ohnmächtig geworden und mit dem Kopf auf den Couchtisch geknallt. Da du geblutet hast, habe ich den Notruf angerufen, und die haben dich versorgt. Der Arzt meinte, dass du für heute besser im Bett bleibst. Er hat dir zwei Spritzen gegeben, damit sich dein Kreislauf stabilisiert und du zur Ruhe kommst, und eine gegen die Schmerzen.«

Der Arzt hatte meine Emotionen also schachmatt gesetzt? *Was geschieht, wenn die Spritze ihre Wirkung verliert? Werde ich zu einer verwirrten Furie?*

»Hast du heute schon was gegessen?«, fragte Sabrina besorgt.

»Nein.«

»Soll ich dir ein Brot schmieren?«

Wollte ich überhaupt etwas essen? Momentan war mir zu übel, um daran zu denken.

»Vielleicht später. Ist Luke schon wieder da?«

Sabrina sah auf ihre Hände, die ineinander verschlungen auf ihrem Schoß lagen. »Er ist wieder da, und er hat Neuigkeiten.«

Meine Neugier schubste die Übelkeit über Bord. »Was für Neuigkeiten?«

Sabrinas Blick richtete sich auf mich. »Der Mann in Pauls Wagen war nicht Paul.«

Ich glaubte, einen Schlag mit einer Latte zu bekommen. »Wie bitte?«

»Luke konnte den Toten nicht als Paul identifizieren.«

»Wo ist Luke?« Ich wollte mich aus dem Bett erheben, doch Sabrina drückte mich zurück.

»O nein, du bleibst liegen. Ich werde ihm Bescheid geben.«

Ich wusste noch nicht, ob mein Ego das für gut befand, Luke in meinem Schlafzimmer zu haben, doch Sabrina war bereits auf dem Weg. Wenig später trat Luke in das Zimmer. Er sah blass aus.

»Der Mann war nicht Paul«, berichtete er sogleich. »Es gibt zwar eine gewisse Ähnlichkeit, aber er war es nicht. Der Fremde hatte nicht nur Pauls Ausweispapiere dabei, sogar auch Pauls Handy. Wir können davon ausgehen, dass mein Bruder sich entweder bester Gesundheit erfreut und auf den Bahamas Urlaub macht oder in irgendeinem feuchten Kellerloch hockt und auf Hilfe wartet.«

Seltsamerweise tippte ich auf die erste Variante. Das passte hervorragend, wenn ich an den Anruf des Nachlassverwalters dachte. Paul holte seine Schäfchen ins Trockene und machte sich ein tolles Leben. Das erklärte auch seine Geheimniskrämerei in den letzten Monaten. Plötzlich ergaben viele suspekte Situationen einen Sinn.

Wut stieg in mir auf. Nicht auf Luke, sondern auf die Tatsache, dass ich so blind gewesen war.

»Ami.« Luke setzte sich auf die Bettkante. »Wir sollten uns gemeinsam Gedanken machen, was Paul angestellt haben könnte. Ehrlich gesagt habe ich sogar die Möglichkeit in Erwägung gezogen, dass Paul den Mann umgebracht hat.«

Sein letzter Satz zog mich aus meinem wütenden Strudel und ließ mich überrascht zurück. »Das ist nicht dein Ernst.«

»Doch.«

»Hält die Polizei ihn für einen Verdächtigen?«

»Früher oder später wird Paul zu einem Verdächtigen werden. Zumal Sabrina etwas von einem Nachlassverwalter gesagt hat, mit dem du telefoniert hast. Die Polizisten sind nicht blöd. Was hat der Nachlassverwalter zu dir gesagt?«

Ich erzählte Luke von Pauls Vermögen. Falls ihn das schockte, ließ er sich nichts anmerken. Dass Paul fast zwei Millionen Pfund auf der hohen Kante hatte, tangierte Luke offensichtlich überhaupt nicht.

»Das Ende vom Lied: Ich muss in drei Monaten hier ausziehen«, beendete ich meine Erzählung.

Auch das schien Luke nicht umzuhauen.

»Da Paul mit allergrößter Wahrscheinlichkeit noch lebt, brauchst du auch nicht auszuziehen. Der Nachlassverwalter war da wohl zu voreilig. Und mir ist es schnuppe, dass Paul mich nicht als Erben will.«

Lukes Seelenruhe regte mich auf. Er brauchte sich ja auch keine Gedanken um ein Dach über dem Kopf zu machen, schließlich hatte er eins. Für mich bahnte sich jedoch eine Vollkatastrophe an.

»Gibt es so eine Datenbank bei der Polizei?«, fragte ich.

»Das weiß ich nicht. Ich könnte das aber in Erfahrung bringen.«

»Bei wem?«

»Bei einem guten Freund vom Militär, der nach einem Einsatz seinen Dienst quittieren musste. Er hat einen Unterschenkel verloren. Nun verdient er sich als Computergenie ein Zubrot.«

»Aha, er hackt sich also in diverse Systeme.«

Luke schmunzelte. »Wenn du das so ausdrücken magst. Ja, er findet so ziemlich alles heraus. Ich denke, du bist die Kontoauszüge noch nicht durchgegangen?«

»Nein. Ich musste erst Bekanntschaft mit der Tischplatte machen.«

Auf seinem Mund erschien ein schiefes Lächeln. »In der nächsten Zeit solltest du die möglichst meiden.«

Luke hatte seinen Humor nicht verloren. Ich erinnerte mich, dass ich viel mit ihm gelacht hatte, bis … ja, bis … Eines Tages hatte er Abschied genommen … Knall auf Fall … einfach so.

Ich blickte in eine andere Richtung, da mir paradoxerweise

in diesem Moment klarwurde, dass ich bis heute den wirklichen Grund für seine Flucht nicht kannte. Eine Flucht vor der Welt, die so viel für uns bereitgehalten hätte. Ballast abzuwerfen war Lukes Art gewesen, den unangenehmen Dingen aus dem Weg zu gehen.

Ich sah mich mit einem Mal mit zwei Dingen konfrontiert: Paul, der nicht tot war, sondern sich mit einem Haufen Geld aus dem Staub gemacht hatte, und Luke, von dem ich nicht erwartet hätte, dass er mir beistehen würde.

»Falls ich das alles richtig deute, wollte sich Paul mit einem Batzen Geld irgendwohin absetzen.« Luke holte mich in die Gegenwart zurück. Sein Lächeln war verschwunden. »Warum kündigt man sonst vorzeitig Lebensversicherung und Vorsorgefond? Etwas oder jemand muss seine Pläne durchkreuzt haben. Oder was meinst du?«

Was fragte er mich? Ich wusste noch nicht mal, was ich überhaupt über Paul denken sollte? In mir schlummerte nur unterdrückter Zorn. Paul lebte. Sollte ich da nicht erleichtert sein?

»Dass der Mistkerl mir nie etwas gesagt hat, zeugt von noch weniger Vertrauen und Zuneigung für mich.«

»Vielleicht ist das sogar gut, wenn du nichts weißt. Das macht dich weniger angreifbar.«

»Was meinst du damit?«

Luke zögerte merklich. »Für die Polizei. Die wollen dir zu Paul noch einige Fragen stellen.«

Ich ahnte, dass er eigentlich was anderes hatte sagen wollen. Luke senkte den Blick, allerdings sah ich ihm an, dass ihm etwas auf der Seele brannte.

»Gibt es noch mehr Hiobsbotschaften?«, fragte ich.

Er schüttelte den Kopf. »Nein, es ist nur … Ach, ist jetzt nicht so wichtig. Das kann ich dir später sagen.«

»Was? Sag schon.«

»Wegen heute Morgen …«

Mir wurde schlagartig warm. Was nun auch folgte, ich durfte

nicht daran denken, wie heiß und verboten der Sex gewesen war. Um meiner selbst willen durfte dieses Thema nicht zu einem wichtigen Bestandteil meines Lebens werden.

»Ich hätte dich fragen sollen, ob es okay ist, kein Kondom zu benutzen », gestand er. »Tut mir leid.«

Das hatte ich längst verdrängt. Offenbar belastete ihn diese Nachlässigkeit wirklich, was mich überraschte.

»Schwamm drüber«, sagte ich.

»Was hältst du davon, wenn wir ganz von vorn beginnen?«

»Wie meinst du das?«

»Ich war nicht gerade freundlich zu dir, seitdem ich hier angekommen bin.«

Ich lächelte leicht. »Kann man so sagen.«

»Ich könnte eine Freundin gut gebrauchen.«

Ich fühlte einen schmerzhaften Stich. Da war plötzlich ein Detail, dass ich lieber nicht fühlen wollte: reges Herzklopfen. Der Teil meines Herzens, den Luke vor acht Jahren herausgerissen hatte, schien sich mit einem Mal seinen rechtmäßigen Platz zurückzuerobern. Ich hatte gedacht, ich hätte das hinter mir, immerhin war ich erwachsen geworden.

»Ja, ich könnte auch einen Freund gebrauchen«, sagte ich.

Er reichte mir die Hand. »Schließen wir also Frieden, ja?«

Wir schüttelten uns die Hände, und ich ignorierte das schöne Gefühl, dass seine Hand in meiner auslöste.

»Was hältst du davon, wenn ich uns Pizza bestelle?«, fragte er. »Gibt es noch diesen Italiener, der die beste Pizza in der Stadt macht?«

»Den gibt es noch. Und ja, etwas zu Essen wäre nicht schlecht.«

»Danach schläfst du am besten erst mal. Der Tag war lang genug für dich, und der Arzt hat gesagt, dass du dich heute schonen musst. Wir reden später weiter.«

Kapitel 11

Am nächsten Morgen fühlte ich mich wie von einem Zug überrollt. Meine Stirn pochte, nachdem die Wirkung der Spritze in der Nacht nachgelassen hatte. Die Pizzakartons hatte Sabrina zum Glück weggeräumt, nachdem mir nach einer halben Thunfischpizza übel geworden war. Der Abend war eine Mischung aus unangenehmem Schweigen und Pizzaessen gewesen.

Ich schob die Beine aus dem Bett. Für einen Moment erfasste mich Schwindel. Wie betrunken torkelte ich ins Badezimmer. Am Waschbeckenrand klammerte ich mich fest, während ich mich wusch und mir die Zähne putzte. Ein Blick in den Spiegel genügte, um zu erfassen, dass ich völlig fertig aussah. Die Frau mit den dunklen Augenringen und der blassen Gesichtsfarbe konnte unmöglich Ami Steward sein.

Dass ich in Kürze Pauls private Unterlagen durchstöbern musste, wischte auch die letzten positiven Energien in mir beiseite. Eigentlich wollte ich nicht so genau wissen, woher mein Freund sein zweites Standbein hatte.

Ich zog mich an und ging nach unten. Kaffee war bereits gekocht. Die Vorstellung, dass Luke sich zu einer fürsorglichen Person entwickelte, entlockte mir sogar ein Lächeln.

Meine Hände bebten, als ich aus der Schreibtischschublade Pauls blaue Mappe mit den Kontoauszügen kramte. Verwundert stutzte ich. Unter einem Stapel loser Papiere lugte ein roter Hefter hervor. Wohl fühlte ich mich dabei nicht. Ich hatte Angst davor, was ich vorfinden würde. Dass ich besagte Ungereimtheiten aufdeckte und der Abgrund noch näher rückte.

Mit zittrigen Fingern zog ich auch die rote Mappe aus der Schublade. Vorsichtig schlug ich sie auf. Mir wurde schwindelig, als ich den Kontostand erblickte: Es waren über fünfhundertsechszigtausend Pfund. Dass Paul so viel Geld besaß, war mir nie klargewesen.

Noch eine Kleinigkeit schürte mein Misstrauen: Die hohe Summe befand sich nicht auf dem mir bekannten Privatkonto.

War das Absicht oder Nachlässigkeit, dass er diesen Hefter frei zugänglich hielt? Wollte Paul etwa, dass ich die Beweise fand? Mich quälen und mir zeigen, dass er sich ein schönes, sorgloses Leben aufbaute? Ich bekam Kopfschmerzen, die vielen Fragen zermürbten mich.

Ich ging die Spalten durch, jeden Monat überwies jemand einhunderttausend Pfund auf dieses Konto. Neben der Buchung stand kein Name, lediglich eine achtstellige Buchstaben- und Zahlenreihe. Das war das zusätzliche Jahreseinkommen, von dem der Nachlassverwalter gesprochen hatte. Den Absender für diesen Geldtransfer hatte Paul sogar Mister McGrady verschwiegen.

Ich blätterte weiter zurück. Seit zweieinhalb Jahren bekam Paul diese Zahlungen. Das erklärte, woher er das Geld für die neuen Möbel und den Umbau gehabt hatte. Sein eigentliches Gehalt als Versicherungsagent betrug um die zweieinhalbtausend Pfund monatlich. Ich schlug die blaue Mappe auf, die die Auszüge seines Privatkontos enthielt und erblickte den Betrag von dreitausendfünfhundert Pfund.

Erneut nahm ich den roten Hefter zur Hand. Eine weitere Ungereimtheit fiel mir in den Kontobewegungen auf: Jeden Monat wurde von dem Fremdkonto die einheitliche Summe von dreitausend Pfund abgebucht, seit zwei Jahren. Hinter der Summe standen die Initialen J. D.

»Wer zum Teufel ist J. D., und wer überweist dir jeden Monat so viel Geld?«, murmelte ich. »Mistkerl. Was hast du seit Jahren hinter meinem Rücken getan?«

* * *

Die Sichtung von Pauls Kontoauszügen überließ ich vorzugsweise Ami. Falls noch mehr Ungereimtheiten existierten, würde sie mir sowieso davon berichten.

Ich genoss die Maisonne, die warm auf meinen Körper schien. Das Gras fühlte sich angenehmer an, als der trockene Wüstensand. Ich strich mit den Fingern über das satte Grün und war zufrieden mit mir selbst. Ich lächelte über den eher außergewöhnlichen Zustand meines Seelenlebens.

Mein Blick richtete sich auf das zweistöckige Haus, dann auf den Anbau, der nun mein Besitz war. Im Nachhinein besaß mein Vater offenbar einen herben Sinn für Humor, mich an den Ort zu binden, von dem ich damals Hals über Kopf geflüchtet war. Die Kälte, die er mir jeden Tag entgegengebracht hatte, war nicht länger zu ertragen gewesen. Umso verwunderlicher, dass er überhaupt an mich gedacht hatte.

Ja, Vater, du hast mich immer spüren lassen, dass du mich eigentlich nicht als Sohn wolltest … Das Warum weiß ich bis heute nicht.

Was ich gestern gelernt hatte, war, dass mich mit Ami offenbar mehr verband, als nur die schnelle Sofanummer. Ich fühlte mich ihr gegenüber nicht nur verpflichtet, sondern hatte auch ein schlechtes Gewissen. Gut behandelt hatte ich sie nicht.

Dass ich ihr meine Freundschaft angeboten hatte, war mir wichtig. Sie sollte wissen, dass sie das nicht allein durchstehen musste. Ami im Stich zu lassen war keine Option.

Ich zog mein Smartphone aus der Hosentasche und suchte nach Joes Telefonnummer. Seine Geheimnummer bekamen nur ausgewählte Menschen. Auch wenn er nicht mehr im Mittleren Osten an meiner Seite kämpfte, waren wir Freunde geblieben.

»Wenn das jetzt nicht wichtig ist, Adams«, ertönte seine Stimme nach wenigen Sekunden, »reiße ich dir die Eier ab.«

Ich lachte. »Du kannst auch später einen wegstecken, Joe. Ich brauche ein paar Infos.«

»Wer sagt, dass ich kurz davor war, einen wegzustecken?«

»Ist diese Leitung sicher?«, fragte ich ernst.

»Ist sie. Über wen benötigst du Infos?«

»Mach dich bitte mal schlau, ob es bei der Polizei eine Datenbank gibt, die mit einer Nachlassverwaltung namens McGrady & Co verbunden ist. Der Anwalt heißt Lester McGrady. Mein Bruder hat einen Vertrag mit denen geschlossen. Ich will wissen, wann.«

»Wie schnell brauchst du Antworten?«

»So schnell wie möglich.«

»Hast du geerbt, oder … ? Moment mal, bist du etwa in der schottischen Heimat?«

»Jepp, seit gestern.«

»Und da meldest du dich erst jetzt bei mir?«

»Mein Vater ist vor vier Wochen beerdigt worden. Und ja, er hat mir was vererbt. Jetzt bin ich stolzer Besitzer von Haus, Grund und Boden.« Mein letzter Satz entwich mir mit beißendem Sarkasmus.

»Wie kommt es, dass dein Vater dir was vermacht? Ich dachte, ihr seid euch nie grün gewesen.«

»Glaub mir, das habe ich mich schon dutzendmal gefragt. Aber egal, ich werde bald nach Afghanistan zurückgehen. Mir liegt das zivile Leben überhaupt nicht mehr.«

Er lachte leise. »Wem liegt das nach so langer Zeit beim Militär noch, alter Freund?«

Joe rückte in den Hintergrund. Ich setzte mich auf, fühlte eine Präsenz. Es war Ami, die schweigend hinter mir stand. Wärme breitete sich in mir aus und das lag nicht an der Sonne. Was hatte sie von dem Gespräch mitbekommen?

Die anderen Aufträge mussten erst mal warten. Ami brauchte

nicht jede Kleinigkeit mitzubekommen, die Joe für mich recherchieren sollte.

»Ruf mich an, sobald du was hast«, sagte ich ins Telefon. »Und lass uns die Tage mal ein Bier zusammen trinken. Bis dann, Joe.«

»Bis dann, Luke.« Ich beendete den Anruf und fühlte eine leichte Unbehaglichkeit.

»Sorry. Ich wollte dich nicht stören«, sagte Ami leise.

»Schon gut. Das war Joe. Er wird das mit der Datenbank herausfinden.«

»Darf ich mich zu dir setzen?«

»Klar.«

In ihrer Hand hielt Ami einige Papiere. Sie seufzte resigniert und hielt sie mir entgegen. »Vielleicht kannst du mir auf die Sprünge helfen.«

Es waren Kontoauszüge. Was für eine Kenntnis sollte ich von den Finanzen meines Bruders haben?

Ami sah mich an. »Ich weiß nicht, was ich von den ganzen Zahlen halten soll.«

Ich nahm die Papiere und überflog die Spalten.

»Weißt du zufälligerweise, wer J. D. ist?«, fragte Ami ratlos.

»Du stellst vielleicht Fragen«, entwich es mir. »Ich bin der letzte Mensch auf Erden, der von Pauls Geheimnissen weiß.«

»Warum überweist Paul dieser Person seit zwei Jahren jeden Monat dreitausend Pfund?«

Ja, warum eigentlich?

»Das könnte vieles bedeuten.«

Ami stieß laut den Atem aus. »Na, großartig«, murmelte sie.

»Stell dir lieber die Frage: Wer überweist Paul die stattliche Summe von einhunderttausend Pfund?«

»Die er seit zweieinhalb Jahren jeden Monat bekommt.«

Luke stieß einen leisen Pfiff aus. »Zweieinhalb Jahre? Alle Achtung. Ich denke nicht, dass das sein Gehalt als Versicherungsagent ist?«

»Nein. So viel Geld hat er für seinen Job nicht bekommen.«

»Wer hat ihm also finanziell unter die Arme gegriffen?«

Auf Amis Stirn erschien eine Falte. »Woher soll ich das wissen? Er besitzt sogar zwei Bankkonten.«

»Denk nach, Ami, du lebst mit Paul jahrelang unter einem Dach. Er muss doch irgendwann mal etwas erzählt haben.«

»Wenn dein Bruder eins verstand, dann war es seine Geheimniskrämerei.« Sie sah verärgert aus.

Ihren Gesichtsausdruck fand ich äußerst sexy. Wie gern hätte ich sie jetzt in der Mittagssonne … Nein! Das war absolut tabu. Ich sollte aufhören, mir derartige Gedanken zu machen. Aber seit gestern herrschten absonderliche Gefühle in mir. Mein Bruder war mit dem Menschen zusammen, der mir offenbar immer noch viel bedeutete – das fuchste mich. *Was wäre gewesen, wenn ich Ami nicht verlassen hätte? Wo würden wir heute stehen?*

Mein Smartphone klingelte. Das holte mich in die Gegenwart zurück. Auf dem Display erkannte ich Joes Nummer. Über die Ablenkung war ich mehr als erleichtert.

»Diese Datenbank gibt es bei der Polizei«, sagte er ohne Umschweife. »Sie wurde vor sechs Jahren eingeführt, um einen reibungslosen Ablauf für die Erben zu gewährleisten. Was ich persönlich für geschmacklos halte.«

Und für unnötige Geldmacherei. Mir erschloss sich nicht, was ein privater Nachlassanwalt anders machte als ein gerichtlich bestellter. Paul war zurechnungsfähig gewesen und auch körperlich bei bester Gesundheit – zumindest hatte er diesen Eindruck erweckt. Er war den Vertrag freiwillig eingegangen. Oder?

»Dein Bruder ist in der Kartei vertreten. Er hat den Vertrag vor einem halben Jahr mit der privaten Nachlassverwaltung McGrady & Co abgeschlossen«, fuhr Joe fort. »Hat dein Bruder etwa viel Geld auf der hohen Kante?«

Aus den Augenwinkeln bemerkte ich, dass Ami mich aufmerksam musterte. »Was das betrifft, melde ich mich noch mal, dann können wir alles Weitere besprechen«, lenkte ich vom Thema ab.

»Aha, du bist also nicht allein«, bemerkte Joe amüsiert.

»Korrekt.«

»Ich hoffe, die Info hilft dir weiter?«

»Ja, danke, Joe. Bis dann.«

»Mach's gut.«

Ich beendete das Gespräch und blickte Ami an, die mich immer noch musterte.

»Und?«, fragte sie.

»Solch eine Datenbank gibt es. Joe hat bestätigt, dass Paul vor einem halben Jahr einen Vertrag mit McGrady & Co geschlossen hat.« Ich reichte ihr die Blätter zurück. Für mich gab es in der Sache keinen Klärungsbedarf mehr.

Ami sah resigniert aus, als sie den Kopf senkte.

»Okay. Dann werde ich dem Typen nachher die Kontoauszüge faxen.«

* * *

Beklommen faltete ich das Papier zusammen.

Aus den Augenwinkeln erkannte ich, dass Luke seine Hände auf den Oberschenkeln ballte und wieder öffnete. Seine Finger umklammerten das Smartphone. *Diese wunderschönen, langen Finger, die so wundervolle Dinge mit mir …*

Tief atmete ich durch. Die Temperatur in mir schien um etliche Grad gestiegen. Mit diesen paradoxen Gefühlen kam ich im Augenblick nicht wirklich zurecht. Ich stritt nicht länger ab, dass mich Lukes Nähe aus der Bahn warf.

Es lag nicht nur am Sex. Die ganze Zeit schien er mir unbewusst gefehlt zu haben. Unter der Dusche hatte ich Tränen vergossen, mich schlecht gefühlt, weil ich Paul betrogen hatte. Doch nun rückte all das Negative in den Hintergrund. Paul hatte Geheimnisse vor mir gehabt, und wer wusste, was sonst noch ans Licht kam.

Aber Paul lebt noch. Das ist falsch, dass ich etwas für Luke empfinde.

»Es fühlt sich trotzdem so an, als ob ich Paul verrate«, murmelte ich.

»Was hast du gesagt?«

»Nichts.« Ich schüttelte den Kopf. »Falls Paul sich nicht meldet, was soll ich dann tun? Der Anwalt will das Haus verkaufen.«

»Ich sagte bereits, dass der Mann im Leichenschauhaus nicht Paul ist. Niemand kann das Haus verkaufen. Und spar dir das Faxen der Kontoauszüge. Was soll der Nachlassverwalter jetzt noch damit?«

Diese Tatsache wollte ich irgendwie nicht wahrhaben. Von Lukes Sorglosigkeit fehlte mir eine ganze Menge. Während ich mir schon immer Gedanken um jede Kleinigkeit gemacht hatte, hatte Luke stets in den Tag hineingelebt. Offenbar hatte er diese Eigenschaft nicht abgelegt.

Ich betrachtete die in Rot getauchte, untergehende Sonne. Ein fast romantisches Gefühl erfasste mich. Meine vergangene Jugendliebe saß neben mir und bereitete mir Herzklopfen. Luke war viel zu nah. Ich rutschte von ihm weg. Nicht noch einmal durfte ich meinen Hormonen die Führung überlassen, auch wenn ich glaubte, etwas für Luke zu empfinden.

In mir hatte sich eine Winzigkeit abgespalten: Einerseits wollte ich mich bei Luke fallenlassen, anderseits ahnte ich, dass wir keine gemeinsame Zukunft hatten – er würde bald zur Armee zurückgehen.

Ihm liegt das zivile Leben nicht mehr.

Mittlerweile war ich auch nicht mehr wütend auf Paul, eher traurig. Deprimierend, dass ich ihm offensichtlich vollkommen egal war. All die Jahre waren umsonst gewesen zu sein. Mir war nach Alleinsein zumute. Von dem angebrochenen Tag hatte ich jetzt schon die Schnauze voll.

»Ich lege mich ins Bett. Bin noch müde«, sagte ich und ging ins Haus.

Kapitel 12

Ich saß noch länger in der Sonne und hing meinen Gedanken nach. Weshalb machte Paul sämtliche Versicherungen zu Geld? *Um sich klammheimlich irgendwo abzusetzen.*

Die Heimlichtuerei passte zu ihm. Mein Bruder hatte einen bestimmten Plan verfolgt, der ihm letztlich zum Verhängnis wurde. Doch ganz so heimlich war sein Vorhaben nicht gewesen. Jemand wollte Paul vorzugsweise tot sehen, als dass er sich ein schönes Leben als Millionär machte. Dieser Jemand wusste von Pauls ich-verkrümle-mich-Plänen. Der fremde Mann in Pauls Wagen musste der Schlüssel zu den Antworten sein.

Ein weiteres Mal wählte ich Joes Nummer. Es dauerte nicht lange, bis er sich mit einem belustigten »Was willst du schon wieder, Adams?« meldete.

»Du könntest noch eine Sache für mich recherchieren. Hack dich in die Datenbank der Gerichtsmedizin und finde heraus, wer der Mann ist, der für meinen Bruder Paul gestorben ist. Die werden doch Fotos von ihm gemacht haben.«

»Dein Bruder ist tot?«, entwich es Joe überrascht.

»Eben nicht. Der Mann, der in Pauls Auto saß und Pauls Papiere, samt Handy bei sich trug, war nicht mein Bruder.«

»Das ist aber ziemlich mysteriös, mein Lieber.«

»Richtig. Ich will wissen, wer der Mann ist. Vielleicht findest du einen Hinweis in irgendeiner Datenbank.«

»Scheint, als ob dein Bruder Feinde hatte«, bemerkte er nachdenklich. »Du gehst von Mord aus?«

»So ist es. Außerdem hat er ein Vermögen von fast zwei Millionen Pfund. Das kommt nicht von ungefähr. An der ganzen Geschichte ist was faul.«

»Das wird Sie aber was kosten, Colonel Adams.« Joe klang amüsiert.

Ich lachte leise. »Jederzeit, Joe. Das ist aber noch nicht alles.«

»Ich höre.« Joe wirkte nun höchstkonzentriert.

»Ich gebe dir eine Kontonummer und einige Daten durch. Ich möchte, dass du herausfindest, wer auf diesem Konto jeden Monat einhunderttausend Pfund einzahlt.«

»Wessen Konto ist das?«, fragte er. »Oder soll das ein Geheimnis bleiben?«

»Dass von meinem Bruder. Des Weiteren muss ich wissen, wer dieser J.D. ist, der monatlich dreitausend Pfund von Paul bekommt.« Ich gab Joe die Zahlen durch, während das rege Klackern seiner Tastatur zu hören war.

»Gib mir ein paar Stunden, dann bekommst du Antworten.«

»Okay, bis dann.« Ich legte auf.

Was Joe auch zutage förderte, Ami brauchte das noch nicht zu wissen. Ich musste erst selbst sichere Fakten in Händen halten. Womöglich war es sogar besser, wenn sie überhaupt nichts davon erfuhr. Je weniger sie wusste, umso uninteressanter war sie für die Außenwelt. Bis Joe zurückrief, würde ich mir einen Kaffee gönnen.

Ich steckte mein Telefon in die Hosentasche und ging ins Haus. In der Küche blieb ich wie angewurzelt stehen.

Im offenen Wohnbereich zeigte sich mir ein Anblick, der mich scharf Luftholen ließ. Ami saß im Sessel, auf dem Couchtisch stand eine Flasche Whisky. Sie sah nicht mehr allzu nüchtern aus. Wie hatte sie sich innerhalb kürzester Zeit so betrinken können?

Lächelnd prostete sie mir zu.

»Willscht du auch einen?«, lallte sie.

Dass sie sich bereits am Mittag einen hinter die Lampe goss, zeigte, wie verzweifelt sie in Wirklichkeit war. Aber das war keine Lösung, auch wenn der Hochprozentige ihre Sorgen für einige Zeit auslöschte.

Entschlossen trat ich auf sie zu und hob die Flasche vom Tisch. Ein undefinierbarer Laut drang aus ihrem Mund.

»Das lässt du lieber, okay?« Ich stellte die Flasche in der hintersten Ecke auf den Wohnzimmerschrank. »Davon verschwinden deine Probleme nicht.«

»Gib dasch zurück.« Taumelnd kam Ami auf die Füße.

Sie schwankte zur Seite, strauchelte beinahe, und ich bekam gerade noch ihren Arm zu fassen. Einige Haarsträhnen verdeckten ihre Augen, während sie mich anblickte – das sah verdammt erotisch aus.

Ehrlich? Ich wurde nervös. Gleichzeitig fühlte ich eine ungeahnte Wärme. Ihr Blick besaß dieses wundervolle Funkeln. Früher hatte sie mich so angesehen, als wäre ich alles für sie. Das mochte sogar wahr gewesen sein.

Ich muss aufhören, mit solchen Gedanken zu spekulieren. Ami ist betrunken. Das hat nichts zu bedeuten.

»Vergiss es, du bekommst die Flasche nicht zurück.«

»Isch will noch so ein …«

»Du hast genug. Lass mich lieber nach deiner Platzwunde sehen.« Ich wies auf ihre Stirn. Das Pflaster sah arg lädiert aus, als ob Ami daran herumgeknibbelt hätte. »Da muss ein neues Pflaster drauf.«

»Scheit wann bischt du Arzscht? Ich dachte, du bischt Scholdat.«

»Als Colonel einer Einheit brauche ich eine gewisse anatomische Kenntnis, für den Fall, dass etwas passiert.«

Ami lächelte betrunken. Sie rückte näher. »Küsch misch lieber, du schüßer Scholdat.«

Das wäre kein gutes Timing und würde bloß in etwas enden, das zwar erregend, aber nicht richtig erschien. Ich legte einen Finger auf ihre Lippen. Wie weich sie waren.

»Du bist betrunken«, flüsterte ich.

Ami runzelte die Stirn, was tatsächlich entzückend aussah. »Dasch … könnte sein«, murmelte sie lallend unter meinem Finger.

Ihr Mund öffnete sich vollends, und mein Finger verschwand darin. Ihre vollen Lippen umschlossen ihn. Mein Kopfkino setzte sich in Bewegung, als ihre Zunge sanft über die Fingerspitze strich. In meiner Hose herrschte reges Treiben. Für einige erregende Sekunden beobachtete ich sie dabei, wie sie hingebungsvoll meinen Finger in ihrem Mund auf und ab gleiten ließ. Meine Phantasie gaukelte mir vor, dass ich meine Hände in ihr Haar grub, während ihre Lippen langsam über meinem Schwanz auf und ab fuhren. Teufel auch, ich sollte umgehend die Reißleine ziehen.

Ich zog meinen Finger heraus. »Lass das lieber.« Meine Stimme klang rau. »Du würdest es später bereuen.«

Verwirrt blickte sie mich an. Sie stellte sich auf die Zehenspitzen, schob ihre Hand in meinen Nacken, presste ihr Gesicht in meine Halsbeuge und küsste die empfindliche Haut. Wie es aussah, hatte Ami nicht vergessen, wie sie mich auf hundertachtzig bringen konnte.

Mühsam unterdrückte ich ein Stöhnen. »Ami … nicht.«

Ihre Finger schienen plötzlich überall zu sein. Sie nestelte rege an meiner Kleidung herum.

»Ich hole jetzt ein neues Pfla…« Aus meiner Kehle drang ein undefinierbarer Laut, als ihre Hand in meiner Hose verschwand.

Ihre Finger umschlossen meine Erektion. Falls ich ihr nicht sofort Einhalt gebot, ging das hier höllisch zur Sache. Jeder anderen Frau hätte ich schon längst die Klamotten vom Leib gerissen, gezeigt, dass man mich nicht umsonst reizte – aber nicht ihr. Nicht meiner süßen, hinreißenden Ami. Das verdiente sie nicht – nicht schon wieder so. Sie verdiente meine volle Aufmerksamkeit und keine schnelle Nummer. Diesen Fehler beging ich nicht noch einmal.

Ich zog ihre Hand aus meiner Hose, obwohl mich das arge Überwindung kostete, das süße Gefühl abzutöten.

Ami schwankte leicht zur Seite. Ihr betrunkenes Lächeln gab mir die Bestätigung, das Richtige zu tun.

»Ich mag in vielen Dingen abgebrüht sein, doch dich zu verführen, während du die Promillegrenze deutlich überschritten hast, zählt nicht dazu. Ich bringe dich ins Bett.«

»Isch will aber nischt insch Bett«, nuschelte Ami halbherzig. Sie lächelte erneut. »Auscher, du kommscht mit.«

Besser, ich schwieg zu dem Thema, meine Hose war schon eng genug. Ich hievte Ami auf meine Arme. Ihr Kopf ruhte an meiner Schulter. Das fühlte sich vertraut und richtig an.

»Warum willscht du misch nischt noch mal?«, hauchte sie leise an mein Ohr.

Und ob ich sie wollte. Mehr, als alles andere auf dieser Welt.

»Du hast es in diesem Zustand nicht verdient, dass wir Sex miteinander haben.«

»Warum?« Ihre Stimme hörte sich träge an.

»Weil ich dich ganz für mich haben will«, murmelte ich, und zum ersten Mal bekamen meine Worte einen weitläufigeren Sinn.

Ami war der einzige Mensch auf dieser verfluchten Erde, der mir immer noch etwas bedeutete. Die Erkenntnis überraschte mich nicht mal. Wahrscheinlich war ich an einem Punkt in meinem Leben angelangt, an dem ich an Familie denken sollte – eine richtige Familie. Einiges hatte sich zwischen Ami und mir verändert. Ich wusste nur noch nicht, ob ich diese Veränderung gut fand.

Ihre Haare kitzelten an meiner Wange, und ich hörte ein leises Schnarchen. Ich lächelte. Sie war eingeschlafen. Vorsichtig legte ich sie auf ihr Bett und deckte sie zu. Für ein paar Minuten verharrte ich auf der Bettkante. Was hatte sich mein Bruder dabei gedacht? Er ließ Ami völlig ahnungslos zurück.

»Na, Paul, wer ist hier der egoistische Bastard?«, murmelte ich.

Als ich mich erhob, griff Ami nach meiner Hand. »Bitte … bleib«, nuschelte sie schläfrig.

»Möchtest du tatsächlich, dass ich hierbleibe?« Das klang wie ein unmoralisches Angebot.

»Bleib … bei mir.« Ein sachtes Flüstern.

»Ich gehe. Du bist betrunken, Ami. Morgen weißt du bestimmt nicht mehr, was du heute gesagt hast.«

»Bitte, ich … brauche dich.« Ihre Lider waren halb geschlossen, die Lippen geöffnet.

Dieses Mal war ich mir sicher: Ich wollte sie küssen.

Was danach geschah, würde sich zeigen. Ami atmete hektisch. In diesem Augenblick sehnte ich nichts anders herbei, als …

Plötzlich grub sie ihre Hand in mein T-Shirt und zog mich zu sich hinunter. »Küsch misch, Luke«, hauchte sie an meinem Mund.

Ami war ein verdammt heißer Feger, auch wenn ihr Atem nach Whisky roch.

»Isch will disch in mir spüren.« Sie schob mir ihre Hüften einladend entgegen. »Bring misch zum Stöhnen.« Wie viel von ihren Worten und Taten war dem Alkohol zuzuschreiben?

Sie umschlang mich mit ihren Oberschenkeln, während sie ihren Unterleib anhob und sich erregend an meinem rieb.

»Nimm mich endlich.« Das hörte sich keineswegs betrunken an.

Ich war drauf und dran, meine Prinzipien über Bord zu werfen, um ihr die Klamotten vom Leib zu reißen. Diesmal würde ich den Sex in die Länge ziehen, bis wir völlig erschöpft zusammenbrachen. Ihre Lippen waren … nein, einfach alles an ihr war weich, als ich mich auf sie sinken ließ und sie küsste. *Nur ein Kuss …*

Ein Seufzer steckte in meiner Kehle, als ihre warme Zunge sich mit meiner vereinte. Ami schmeckte nach Whisky und … nach purer Lust. Es wäre ein Leichtes, sie jetzt quälend langsam zu entkleiden, um jede freigelegte Stelle ihrer Haut zärtlich zu küssen. Meine Finger verschlangen sich mit ihren. Ich wollte sie nicht mehr hergeben …

Halt! Stopp!

Natürlich könnte ich diesen süßen Moment voll und ganz auskosten, das wäre jedoch nicht fair.

Ich beendete den Kuss. »Nicht so, Ami«, hauchte ich, wobei ich von ihr wegrückte. »Ich gehe.«

Sie nuschelte etwas, das ich nicht verstand. Ihre Lider waren geschlossen.

Unsere ineinander verschlungenen Finger lösten sich, hinterließen eine Fülle an Sehnsüchten und Wünschen. Ich wandte mich wehmütig von ihr ab.

Solange nicht geklärt war, was mit meinem Bruder geschehen war, sollte ich Ami möglichst nicht mehr zu nahekommen. Für die neue Situation war es noch zu früh, um das auszusprechen, was ich fühlte.

Ich stand kurz davor, mich in meine vergangene Liebe neu zu verlieben. Das war in meiner weiteren Lebensplanung nicht vorgesehen. Ich wusste aber nun, was ich in Crieff zu suchen hatte: Ami.

Kapitel 13

Am nächsten Morgen erwachte ich mit fürchterlichen Kopfschmerzen. Benommen blinzelte ich zum Wecker: Es war bereits nach zehn. Die Morgensonne schien durch die Ritzen der Rollläden. Nachdem ich dem Anwalt gestern die Auszüge gefaxt hatte, hatte ich deutlich einen über den Durst getrunken. Die ganze Situation war zu viel gewesen und verlangte mir auch jetzt noch einiges ab. In mir brodelten weiterhin so viele Fragen, die mir kein Alkohol der Welt beantwortete.

Ich meinte mich zu erinnern, dass Luke mich ins Bett getragen hatte, ansonsten litt ich unter einem derben Filmriss. Stöhnend setzte ich mich auf und presste die Handballen an die Schläfen.

Ich musste klar im Kopf werden, um einige Dinge zu regeln. Die Polizisten wollten mir ein paar Fragen stellen. Meinerseits hatte auch ich einige Fragen an sie.

Ich brauchte Gewissheit, ob alle Höhen und Tiefen, die ich mit Paul erlebt hatte, nur der Widerschein von etwas gewesen waren, das sich kein liebender Mensch wünschte: Jahrelang aufs Glatteis geführt zu werden.

Ich schlüpfte aus dem Bett, schlürfte wie eine achtzigjährige Oma ins Bad und kramte die Kopfschmerztabletten aus dem Spiegelschrank. Ich nahm zwei auf einmal und spülte sie mit Wasser hinunter.

Eine Dusche würde meine Lebensgeister wecken und hoffentlich jeden Tropfen Fusel aus meinem Gesicht wischen. Ich stellte mich unter dem warmen Wasserstrahl. Genoss den Augenblick, um mich seelisch auf jede Eventualität vorzubereiten. Ich wollte stark für die Fakten sein, die mir die Polizisten offenbaren könnten.

Meine Beine zitterten leicht, als ich mich an den Schreibtisch von Inspector Lewis setzte.

»Möchten Sie einen Kaffee, Miss Steward?« Sie lächelte.

»Ja, gern.«

»Mit Milch und Zucker?«

»Schwarz, bitte.«

Kurze Zeit später stellte die Polizistin eine Tasse mit dampfendem Kaffee vor mir ab und setzte sich. Ich hoffte inständig, dass meine Hände nicht zu sehr bebten, wenn ich einen Schluck davon trank.

»Luke Adams hat Sie sicher davon in Kenntnis gesetzt, dass der Verunglückte nicht Ihr Freund war?«

Ich nickte. »Ehrlich gesagt, weiß ich nicht, was ich davon halten soll. Wissen Sie schon, wer er ist?«

»Nein, er ist nie strafrechtlich erfasst worden.« Sie blätterte eifrig in einem Papierstapel und zog ein Blatt hervor. »Besitzt Ihr Freund noch mehr Bankkonten als dieses eine hier?«, wechselte sie das Thema.

Seltsamerweise widerstrebte es mir Inspector Lewis von dem anderen Konto zu erzählen. Ich wusste nicht, wieso. Eigentlich durfte ich das nicht verschweigen, doch etwas hielt mich davon ab, eine Dummheit begehen. Das käme einer Dummheit gleich, das Konto ins Spiel zu bringen.

»Nicht, dass ich wüsste.« Und schon hatte ich mich gekonnt aus der Affäre gezogen. Ich wies auf das Papier in ihrer Hand. »Dürfen Sie das überhaupt?«

»Was?«

»Das Privatkonto meines Freundes einsehen? Immerhin liegt kein Verbrechen vor, und tot scheint er auch nicht zu sein.«

Auf ihr Gesicht trat ein arroganter Ausdruck. »Das Auto Ihres Freundes ist in ein Verbrechen verwickelt.«

Die Logik verstand ich nicht. Was hatte Pauls Auto mit seinem Bankkonto zu tun? War ich noch zu verwirrt, um die ganze Tragweite zu erkennen?

»Besitzen Sie eine Vollmacht für Mister Adams' Bankkonto?«

Ihre Frage bewirkte, dass sich eine imaginäre Hand um meinen Hals legte. »Nein, wir haben getrennte Konten. Wieso fragen Sie?«

Die Polizistin sah flüchtig auf das Papier. »Am Morgen des Unfalls ist eine erhebliche Summe Bargeld von besagtem Konto abgehoben worden. Sie waren das also nicht?«

Mein Körper fühlte sich seltsam taub an. Ich schüttelte den Kopf. »War ich nicht. Von was für einer Summe reden wir hier?« fragte ich gedämpft, zu mehr war meine Stimme nicht fähig.

»Dreitausendfünfhundert Pfund.« Die Stimme von Inspector Lewis klang seltsam hohl in meinen Ohren. Das mochte daran liegen, weil das exakt die Summe war, die noch auf Pauls Konto gewesen war.

Mir wurde schwindelig. Es dauerte bestimmt nicht lang, und die hohen laufenden Kosten zwangen mich in die Knie. *Zuerst räumt er sein Privatkonto leer, um dann mit ziemlicher Sicherheit das andere leer zu räumen.*

Sicher schloss das auch das Vermögen aus der gekündigten Versicherung und den Fonds ein.

»Ist Ihnen in den letzten Monaten an Ihrem Freund etwas Ungewöhnliches aufgefallen?«, hakte Inspector Lewis weiter nach.

Ich versuchte, den Schmerz beiseitezuschieben, den mir Paul mit seiner Kälte entgegengebracht hatte. Doch er umklammerte mich mit einer Intensität, die mir die Tränen in die Augen trieb. Ich senkte den Blick auf meine Hände, blinzelte, um die Tränen zu vertreiben.

»Paul wurde immer verschlossener. Er hat kaum noch mit mir

geredet. Egal, was ich getan oder gesagt habe, es hat ihn nicht interessiert. Es war, als wäre ich ihm völlig egal geworden.« Weshalb ich dieser fremden Frau mein Herz ausschüttete, entzog sich jeglicher Logik.

»Möglich, dass Mister Adams Sie nur vor irgendetwas beschützen wollte«, erklärte Inspector Lewis mitfühlend.

Ich sah auf. »Vor was beschützen?«

Die Inspectorin zögerte, als ob sie abwog, mir die Wahrheit zu sagen. »Miss Steward, ich kann Ihnen nur sagen, dass der Unfall kein Zufall war.«

Die Luft schien sich mir vollends abzuschnüren. »Was sagen Sie da?«

»Jemand hat die Bremsanlage des Autos manipuliert. Die Fahrbahn war voller Bremsflüssigkeit. Es wurden diverse Löcher im Behälter gefunden. Wir haben bereits mit Luke Adams darüber gesprochen. Hat er Ihnen nichts über den Unfallhergang erzählt?«

Hatte Luke diese Kleinigkeit schlichtweg vergessen oder war das Absicht gewesen, mir das vorzuenthalten? Mein Mund fühlte sich plötzlich trocken und taub an.

»Reden Sie von einem geplanten Mord an meinem Freund?«, fragte ich mit tauben Lippen.

»Ja, das meine ich.« Inspector Lewis kramte ein Foto heraus und schob es mir zu. »Kennen Sie vielleicht diesen Mann?«

Ich warf einen Blick auf einen Mann mit blasser Haut und geschlossenen Augen. Er sah Paul wirklich in gewisser Weise ähnlich.

»Nein, ich kenne ihn nicht. Ich nehme an, das ist der Verunglückte?« Ich traute mich nicht, »Ermordete« zu sagen, das würde die Situation noch unerträglicher machen.

»Ja, er saß am Steuer des Autos. Dass er die Brieftasche mit sämtlichen Papieren und auch das Mobiltelefon Ihres Freundes bei sich trug, gibt uns das größte Rätsel auf.« Sie öffnete eine Schreibtischschublade und zog ein kleines Tütchen hervor. Mit einem Blick erkannte ich Pauls braune Brieftasche und sein schwarzes Smartphone. Mir wurde schummerig im Magen.

»Wir haben hier Mister Adams' Führerschein, die Fahrzeugpapiere, Personalausweis, einen Ausweis für ein Fitnessstudio und sein Mobiltelefon.« Nacheinander legte sie die Dinge auf den Tisch.

Ich glaubte mich übergeben zu müssen, als ich Paul auf den Fotos erkannte. Dieser Anblick fühlte sich unwirklich an. Als ob ich unter einer riesigen Glasglocke hockte, um nur die Hälfte zu verstehen. Etwas war passiert und ich besaß keinen Schimmer, was.

»Kreditkarten oder Geld haben wir nicht in der Brieftasche gefunden«, fuhr die Inspectorin fort.

Klar, weil Paul nun sein Vermögen beiseiteschafft. Dafür braucht er all seine Kreditkarten, auch die, von der die liebe Ami offiziell nichts weiß …

Ich griff zu der Tasse und trank. Der Kaffee war stark und schmeckte leicht verbrannt.

»Sie sehen blass aus, Miss Steward. Geht es Ihnen gut?«

Mit bebenden Fingern stellte ich die Tasse ab.

»Geht gleich wieder. Die ganze Angelegenheit ist so verworren, und ehrlich gesagt habe ich mir von Ihnen Antworten erhofft.«

»Das verstehe ich. Aber unser derzeitiger Ermittlungsstand lässt leider keine weiteren Infos zu. Sobald wir etwas Konkretes wissen, werde ich Sie umgehend informieren. Die Suche nach Ihrem Freund läuft auf Hochtouren. Wir fahnden im ganzen Land nach ihm. Sie müssen geduldig sein, das braucht seine Zeit.«

Zeit war etwas, das ich nicht hatte. Ich musste recht bald aus dem Haus ausziehen. Auch wenn Paul nicht tot, sondern verschwunden war, ich würde die laufenden Kosten niemals allein stemmen können.

Finanziell stand mir das Wasser bis zum Hals, da mir bis zum

Ende des Monats nicht mehr viel blieb. Paul hatte mich nicht nur seelisch, sondern auch finanziell an den Abgrund getrieben.

Luke würde nach Afghanistan zurückkehren und eventuell den Anbau verkaufen. *Was soll er auch damit?*

Ich stand mutterseelenallein vor den Trümmern meiner Existenz, während sich Paul wahrscheinlich irgendwo auf dieser Welt das Leben gutgehen ließ. Ich musste raus hier. Mir war nach Heulen zumute.

Kapitel 14

Ich bemerkte durchaus, dass Ami ins Auto stieg und wegfuhr. Ich hätte nach ihr sehen können. Aber ich hatte mir vorgenommen, sie die nächsten Stunden in Frieden zu lassen, um meiner Gefühlswelt eine kleine Chance einzuräumen, sich zu erholen. Eiskalt hatte mich Amors Pfeil erwischt. Niemals hatte ich damit gerechnet, dass ich erneut Gefühle für Ami entwickeln würde.

Zum x-ten Mal sah ich auf mein Smartphone. Joe könnte sich ruhig mal beeilen. Ich wartete schon lange genug.

Endlich klingelte mein Telefon.

»Morgen, Luke. Um gleich zur Sache zu kommen, mein Bester, dein Bruder hat sich offenbar in eine riesengroße Scheiße geritten.«

»Das ahnte ich bereits.«

»Die monatlichen einhunderttausend Pfund kommen von einer russischen Organisation mit Namen Romanow, die sich offiziell auf Porzellan spezialisiert hat.«

»Sagtest du gerade ›Porzellan?‹«

»Ich mag zwar nur noch anderthalb Beine haben, einen Sprachfehler habe ich nicht«, feixte Joe. »Ja, in Fachkreisen wird das auch Geschirr genannt.«

Über die Info musste ich erst noch genauer nachdenken.

»Was heißt übrigens ›offiziell?‹«, fragte ich nach einer kurzen Pause.

»Lass es mich anders beschreiben: Wer lässt sich schon freiwillig mit einer russischen Organisation ein, die ihre Finger in illegalen Glücksspielen und überteuerten Immobilien hat? Das geht Richtung Mafia.«

»Falls Paul tatsächlich mit einer russischen Mafia Geschäfte gemacht hat, kann ich ihn nur in die Schublade ›dämlich‹ stecken.«

»Was arbeitet dein Bruder regulär?«

»Versicherungsvertreter oder so.«

»Oder so?«

»Na, er verkauft Versicherungen.«

»Man könnte nun darüber spekulieren, ob dein Bruder spielsüchtig ist, aber dann würde ihn besagte Organisation nicht auch noch bezahlen. Möglicherweise hat er für sie windige Versicherungen abgeschlossen.«

Ich fasste an meine Stirn. Kopfschmerzen kündigten sich an. »Das ist mir momentan zu hoch, Joe. Mein Bruder ist viel zu geizig, um sein Geld zu verspielen, da würde die Theorie der Versicherungen eher passen. Oder er hat für sie Geschirr verkauft – das meine ich ironisch.«

»Schon klar«, warf Joe dazwischen.

»Nicht umsonst besitzt er ein Vermögen von fast zwei Millionen Pfund.«

»Ja, die Summe ist beachtlich. Weiß die Polizei davon?«

»Keine Ahnung. Erzählt habe ich denen nichts.«

»Und dein Bruder hat sich noch nicht bei dir gemeldet?«

»Ich bin der letzte Mensch auf dieser verfluchten Erde, den er anrufen würde. Weiter im Programm.«

»Kommen wir zu J. D.« Joe lachte leise. »Das war äußerst interessant. Der Geldbetrag geht an eine Jennifer Dryer.«

»Der Name sagt mir nichts«, warf ich dazwischen.

»Wohnsitz in London. Alter zweiunddreißig. Was jedoch hochinteressant ist: Sie hat einen zweijährigen Sohn.«

»Was soll daran interessant sein?«

»Die Zahlungen deines Bruders begannen genau an dem Tag, als der Junge geboren wurde. Na? Fällt dir dazu nichts ein?«

»Du meinst, mein Bruder hat einen angesetzt und zahlt Alimente? Das bedeutet …« *… dass er Ami seit zwei Jahren belogen und betrogen hat.*

»Korrekt. Ich habe mich in das Geburtsregister von London gehackt. Der Vater von dem kleinen Jonathan ist tatsächlich Paul Adams. Dein Bruder hat die Vaterschaft anerkannt.«

Ratlos fuhr ich über mein Gesicht. Und ich hatte so was wie ein schlechtes Gewissen verspürt, als ich mit Ami geschlafen hatte. Ami auch. Dabei führte Paul sie schon jahrelang an der Nase herum.

Verdammter Mistkerl!

Das verkraftet sie nicht, ich muss die neuen Fakten erst mal für mich behalten.

»Was ist mit dem Typ im Auto?«

»Tjaaa.« Joe dehnte das Wort wie einen Kaugummi, was ich als kein gutes Zeichen deutete. »Diese Suche erwies sich als äußerst kniffelig. Der Mann ist in keiner englischen oder schottischen Datenbank vertreten. In Russland bin ich fündig geworden – was eigentlich nur ein spontaner Einfall war.«

»Aha. Und weiter?«

»Sergei Romanow heißt der Mann.«

»Wie die Organisation«, murmelte ich. »Hat er mit denen unter einer Decke gesteckt?«

»Jepp, er ist der Enkel des obersten Bosses, Alexej Romanow.«

»Und was hat der Typ im Wagen meines Bruders zu suchen? Er hat quasi seine Identität angenommen.«

Joe seufzte. »Das, mein Freund, ist etwas, worauf ich einfach keine Antwort finde. Ganz ehrlich, das sieht mir stark nach einem Auftragsmord aus. Nur, dass dein Bruder die eigentliche Zielperson war. Wie Paul dem Tod von der Schippe gesprungen ist und Sergei stattdessen seinen Platz eingenommen hat, kann nur dein Bruder beantworten.«

»Der sich verkrümelt hat.«

»Oder er liegt bereits irgendwo drei Meter tief unter der Erde, und niemand weiß davon«, bemerkte Joe.

Das glaubte ich weniger. Paul hatte das Glück gepachtet, seinen Kopf zog er meist unbeschadet aus der Schlinge. Er ließ gern andere für seine Taten bluten – ich wusste, wovon ich sprach.

»Hast du zufällig die Telefonnummer von Jennifer parat?«

»Was hast du vor?«

»Vielleicht hält sich mein Bruder dort versteckt.«

»Moment.« Ich vernahm reges Tastaturtippen. »Hast du was zu schreiben?«

»Ich kann mir die Nummer so merken. Sag an.«

Joe gab mir die Telefonnummer.

»Danke Joe, das hat mir echt geholfen. Wegen dem Bier melde ich mich, okay?«

»Alles klar. Bis dann, mein Freund.«

»Bis dann.«

Nachdem Joe aufgelegt hatte, hielt ich das Telefon noch nachdenklich in der Hand.

Ich kam immer mehr zu dem Schluss, dass mein Bruder nicht nur feige, sondern auch eine hinterhältige Ratte war. Die Frage, ob ich Ami von Jennifer Dryer und ihrem Sohn erzählen sollte, stellte sich mir überhaupt nicht. Wie sollte ich das meiner süßen Ami beibringen? Sie würde daran zerbrechen.

»Verdammt Paul, wenn du noch nicht verreckt bist, sorge ich dafür, dass du es tust«, stieß ich knurrend aus.

Ich wählte die Londoner Telefonnummer. Es dauerte einen Moment, bis ein Freizeichen ertönte.

»Dryer«, meldete sich eine angenehme Frauenstimme. Im Hintergrund war leise Musik zu hören.

»Ist Paul da?«, fragte ich ohne Umschweife.

Mir war nicht nach langer Konversation zumute, nach ausschweifender Vorstellung erst recht nicht.

»Wer ist denn da?«

»Pauls Bruder.« Wozu meinen Namen preisgeben? Das ging sie nichts an.

»O, du bist Luke?«

Überrascht schnappte ich nach Atem. Dass sie mich mit Namen kannte, irritierte mich.

»Offensichtlich«, sagte ich missmutig.

»Paul hat mir von dir erzählt.«

Was genau, weckte nicht meine Neugier.

»Ist Paul da?«

»Nein, er war letzten Mittwoch hier.«

Meine Finger krallten sich ums Smartphone. Allein die Tatsache, dass Ami völlig unwissend war, fachte meine Aggression gegen Paul noch mehr an.

»Hat Paul was gesagt?«, knurrte ich in den Hörer.

»Wie meinst du das?«

Ich knirschte mit den Zähnen. Gab sie sich mit Absicht dämlich?

»Stell dich nicht so begriffsstutzig an. Hat er gesagt, ob er diese Woche irgendwohin wollte?«

Für einen Moment war es still am anderen Ende.

»Paul sagte, er wäre für ein paar Tage auf Geschäftsreise«, erklärte Jennifer schließlich. »Im Ausland.«

Diese Häppcheninfos strapazierten meine Geduld. »Wo genau?«

»Das hat er nicht gesagt.« Jennifer stockte. »Was ist denn passiert? Woher hast du überhaupt meine Nummer? Sie steht nicht im Telefonbuch.«

Tja, Joe gräbt so ziemlich alle Infos aus.

Was ging das jedoch die Geliebte meines Bruders an? Überhaupt nichts. Aber eins interessierte mich doch. »Weißt du von Ami?«

Sie zögerte. »Wer ist das?« Ihr Zögern zeigte, dass sie genau wusste, wer Ami war.

»Die Freundin von Paul, seit sechs Jahren.«

»Ich glaube, das hat er mal erwähnt.« Ihre Stimme zitterte leicht.

Sie brauchte überhaupt nicht so unwissend tun. Doch nicht

Jennifer traf die Schuld, schließlich musste sie an ihren Sohn denken. Außerdem stand es mir nicht zu, ihr die Hölle heißzumachen. Ich lehnte mich bereits zu sehr aus dem Fenster.

»Was ist mit Paul?«, fragte sie leise.

Ich gab mir einen Ruck. »Er ist seit fast drei Tagen verschwunden.«

»O mein Gott!« Ihre Bestürzung klang echt.

Ich war nun sicher, dass Paul tatsächlich nicht bei ihr untergetaucht war.

»Ich habe gedacht, er wäre bei dir«, bemerkte ich beiläufig.

»Ist er nicht. Weiß die Polizei schon mehr?«

»Die tappen im Dunkeln.«

»Hör zu, Luke, ich …« Sie stockte. Im Hintergrund war eine Kinderstimme zu hören. Sie sagte etwas zu dem Kind, das ich nicht verstand.

»Da hat mein Bruder tatsächlich bei dir einen angesetzt«, bemerkte ich bissig. »Zwei Jahre ist er?«

»*Er* heißt Jonathan.« Jennifer klang verärgert.

»Das weiß ich.«

»Und ja, er ist zwei Jahre.« Eine kleine Pause entstand. »Was willst du wirklich, Luke?«, fragte sie gedämpft. »Ich weiß nicht, woher du diese Nummer hast, und es interessiert mich auch nicht. Mich interessiert nur, was mit Paul ist.«

Schön, wir konnten Klartext reden. Dem Anschein nach hatte sich mein Bruder eine Geliebte geangelt, die die Hosen anhatte.

»In was für illegale Machenschaften ist mein Bruder verwickelt?«

»Etwas, von dem er lieber die Finger gelassen hätte.«

»Rede nicht in Rätseln. Ich weiß von den monatlichen einhunderttausend Pfund von der russischen Organisation. Porzellan – sehr amüsant. Was macht Paul für die? Plätzchen backen?«

»Ich sage nichts.«

»Was hat mein Bruder mit den Russen zu tun?«

Ein angespanntes Schweigen herrschte für ein paar Sekunden

am anderen Ende. »Nichts Legales«, flüsterte Jennifer schließlich.

»Was genau?«

»Ich kann dir nicht mehr dazu sagen. Ich muss an meinen Sohn denken.«

Das verstand ich sogar, obwohl meine Neugier den Fiesling in mir hervorholte. »Sagt die, die in eine intakte Beziehung grätscht. Schätzchen, setz in deinem Leben die Prioritäten anders.«

»Falls du von Ami sprichst, ich weiß noch nicht lange von ihr.« Jennifer klang entrüstet. »Du kannst es glauben oder nicht. Es stand nie in meiner Absicht, einer anderen Frau den Mann zu klauen. Paul hat erst vor einem halben Jahr von ihr erzählt.«

Ich kaufte ihr die Erklärung ab. Die Vorgehensweise trug Pauls Stempel. Der Bastard sollte in der Hölle schmoren.

Ich musste noch die Frage aller Fragen stellen. »Wie habt ihr euch eigentlich kennengelernt?«

»Vor drei Jahren. An einem Messestand.«

Meine Finger krallten sich erneut ums Smartphone. Dieses Gespräch schrie regelrecht nach einer Beendigung, sonst warf ich der Frau noch Dinge an den Kopf, die nicht okay waren.

Nur Ami ist wichtig. Spiel jetzt nicht den Moralapostel, Adams, denn du besitzt selbst keine Moral.

»Dann mach dir noch ein schönes Leben, Jennifer.«

»Hältst du mich wegen Paul auf dem Laufenden?« Sie klang auf einmal panisch.

Nun hatte ich etwas losgetreten.

»Falls ich daran denke.« Das meinte ich auch so. Was ging mich seine Geliebte an? Sollte mein Bruder sich selbst bei ihr melden, ich tat das nicht mehr.

»Ja. Natürlich. Ich habe verstanden«, sagte sie in resigniertem Ton. »Mach's gut.«

Ich beendete das Gespräch, von dem ich mir eigentlich mehr erhofft hatte.

Ein Auto fuhr einige Zeit später vor die Garage.

Ami war zurück – wo immer sie auch gewesen war. Ich sah aus dem Fenster und erkannte, dass sie geweint hatte. Ich verschloss die Augen vor diesem Anblick.

Ich darf die ganze Angelegenheit nicht zu sehr an mich heranlassen. Ami geht mir sowieso schon zu sehr unter die Haut. Eines Tages werde ich gehen, und was ist dann …?

Ich öffnete die Augen, Ami war bereits im Haus. Auf das spätere, zaghafte Klopfen reagierte ich erst nicht. Als ich jedoch meinen Namen hörte, gab ich mir einen Ruck. Ami brauchte jemanden zum Reden, schließlich hatte ich ihr meine Freundschaft angeboten.

Ich setzte eine gelassene Miene auf und ging zur Verbindungstür.

Kapitel 15

Nachdem ich vor dem Reviergebäude den Tränen freien Lauf gelassen hatte und fast blind zu meinem Polo gegangen war, ging es mir deutlich besser.

Zuhause parkte ich das Auto vor der Garage und stieg aus.

Ein dicker weißer Umschlag lugte aus dem Briefkasten. Er stammte von der Nachlassverwaltung. Ich riss ihn förmlich aus dem Fach und schloss die Haustür auf.

Am Küchentresen blieb ich stehen, starrte den Umschlag an und wappnete mich für die nächsten seelischen Hiebe. Ich öffnete das Kuvert. Auf dem Briefkopf prangte das Emblem eines Adlers. Flüchtig überflog ich die Blätter, um zu dem Abschnitt zu kommen, wo Paul seine Unterschrift gesetzt hatte. Auch wenn ich davon bereits wusste, stockte mir der Atem. Das waren seine Unterschriften. Die Vollmacht und der Vertrag waren vor einem halben Jahr entstanden.

Nachdem ich einmal tief durchgeatmet hatte, klopfte ich an die Verbindungstür zu Lukes Anbau. Mit ihm hatte ich noch eine Winzigkeit zu klären.

Als Luke die Tür öffnete und ich seine sorglose Miene erblickte, ahnte ich, dass mein Auftauchen ein Fehler gewesen war. Niemals würde er mir helfen, Licht in diese Dunkelheit zu bringen. Warum sollte er auch? Es war nicht seine Angelegenheit.

»Wo bist du gewesen?«, fragte er.

»Auf dem Polizeirevier.«

»Und?«

»Was, und?« Ich ging zum Küchentisch und setzte mich.

»Konnte sie dir helfen? Hatte sie Neuigkeiten?«

»Nein. Aber du könntest mir verraten, warum du mir nicht alles über den Unfall erzählt hast. Dass der geplant war.«

Bedächtig kam er auf mich zu. Seine Bewegungen waren geschmeidig. »Ich wollte dich nicht unnötig ängstigen.«

Abrupt stoppte er. Fast sah es aus, als ob er mir nicht zu nahekommen wollte. Er lehnte sich mit verschränkten Armen gegen den Küchentresen.

»Mittlerweile bin ich abgehärtet. So schnell haut mich nichts mehr um«, bemerkte ich beiläufig.

Luke wies auf die Papiere. »Was hast du da?«

»Die Vollmacht und den Vertrag von der Nachlassverwaltung. Sie scheinen einwandfrei zu sein.«

»Darf ich die mal sehen?«

Ich reichte sie ihm. Luke blätterte durch den Vertrag und sah mich an. »Wenn du möchtest, kann ich den von meinem Freund Joe prüfen lassen.«

»Was hätte das für einen Sinn? Dadurch verschwinden Pauls Unterschriften auch nicht.«

»Da hast du recht.« Er gab mir die Blätter zurück.

Für einen Moment sah er mir in die Augen, und ich versank in ihnen. »Joe könnte mehr über diese Nachlassverwalter erfahren.«

Ich blickte auf die Schriftstücke. »Ja, vielleicht.«

Das Papier fühlte sich auf einmal tonnenschwer an. Wollte ich tatsächlich wissen, wer diese Leute waren?

Möglicherweise ja, dann könnte ich verstehen, warum Paul dieses Geheimnis vor mir bewahrt hatte. Im Umkehrschluss würde das bedeuten, dass ich mich einer Wahrheit konfrontiert sah: dass ich die letzten sechs Jahre besser allein geblieben wäre.

»Du kannst es dir überlegen«, sagte Luke.

»Okay, mache ich.«

»Du hast gestern ganz schön zugelangt. Alkohol ist aber kein Problemlöser.«

Ich sah auf.

Sein Kopf neigte sich fragend zur Seite. »Kannst du dich an irgendwas erinnern?«

Hitze stieg in mir hoch. Für meinen kleinen alkoholischen Ausrutscher bekam ich nun die Quittung. »Nein. An was sollte ich mich denn erinnern?«

»Abgesehen davon, dass du deine Hand in meiner Hose hattest und so einige Sachen gesagt hast, die du einem notgeilen Neandertaler lieber nicht sagen solltest? Eigentlich nicht viel.«

Das klang so beiläufig, dass es mir förmlich die Sprache verschlug. Ich erinnerte mich nicht daran, Luke an die Wäsche gegangen zu sein.

»Das … das war keine … keine Absicht«, stotterte ich wie ein pubertierendes Mädchen.

»Aha, war es nicht?« Seine Stimme klang amüsiert. »Du hast bei mir einen ganz anderen Eindruck hinterlassen.«

Nach Scherzen war mir weniger zumute. »Was ist zwischen uns noch passiert?«

Er lächelte schief. Gott, war er sexy, wenn er das tat.

»Ich kann darüber nicht lächeln.«

»Dann hättest du dir keinen hinter die Lampe gießen sollen. Du weißt doch, dass du nichts verträgst.«

Für einen Augenblick war mir siedend heiß. »Wir haben doch nicht wieder …«

»Gevögelt?«

»Du bist ordinär«, zischte ich, obwohl seine ordinäre Ader einem gewissen Teil in mir durchaus gefiel. Herrgott, das war so daneben.

Luke zuckte die Achseln. »Machst du dir etwa Sorgen um deine Jungfräulichkeit?«, spottete er und brachte mich damit reichlich aus dem Konzept. »Und nein, wir hatten keinen Sex.«

Luke besaß also doch noch so etwas wie Anstand. Ich seufzte erleichtert.

»Echt jetzt, Ami?«, platzte es aus Luke heraus. »Traust du mir ernsthaft zu, dass ich dir an die Wäsche gehe, wenn du nicht mehr geradeaus gehen kannst?«

»Nein«, sagte ich schnell.

»Doch. Habe ich so einen negativen Eindruck bei dir hinterlassen?«

»Du bist wie Doctor Jekyll und Mister Hyde«, gestand ich leise.

Er legte die Hand auf seine Brust. »Das trifft mich. Du weißt, ich kann auch anders.«

Ich sah in eine andere Richtung und fixierte die Kaffeemaschine hinter ihm.

»Das weiß ich«, murmelte ich.

Das Gespräch wurde mir zu innig. Es gab ein ernsthafteres Thema, das ich anschneiden musste.

»Ich werde bald ausziehen«, sagte ich. »Paul hat sein Privatkonto leergeräumt. Ich kann das Haus nicht allein halten.«

»Moment mal.« Luke stellte sich gerade hin. »Er hat das Konto plattgemacht? Wer sagt das?«

Ich besaß seine vollkommene Aufmerksamkeit, zu Scherzen oder innigen Gesprächen war er offensichtlich nicht mehr aufgelegt.

»Inspector Lewis hat sein Privatkonto überprüft. Er hat es vor dem Unfall leergeräumt.«

Lukes Mund öffnete sich, als ob er etwas sagen wollte. Er schloss ihn jedoch wieder und lehnte sich zurück an den Küchentresen. Er sah nachdenklich aus.

»Was ich mit meinen Büchern verdiene, sind keine Reichtümer, es reicht gerade mal für eine kleine Wohnung. Wer weiß, ob Paul sich überhaupt eines Tages blicken lässt.«

»Du brauchst nicht auszuziehen«, bemerkte Luke dazwischen.

»Hast du mir nicht richtig zugehört? Paul holt seine Schäfchen ins Trockene. Ich stehe vor dem Nichts.« Ich spürte Tränen in meinen Augen, dabei wollte ich nicht mehr weinen. »Ich habe niemanden, der für mich da ist.«

»Ich bin für dich da«, flüsterte er.

»Ach ja, Luke? Du wirst dich wieder nach Afghanistan verpissen, um dich ja nicht mit irgendetwas auseinanderzusetzen.«

»Du bist ernsthaft der Meinung, ich wäre nur deshalb zur Armee gegangen?«

»Du hast dich ständig vor Verantwortung gedrückt.«

Luke sah verärgert aus, als er auf mich zukam. »Ich hatte meine Gründe, die ich dir jetzt nicht erläutern werde.«

»Musst du auch nicht, weil ich ganz andere Probleme am Hals habe. Im Gegensatz zu dir werde ich nämlich bald obdachlos sein. Und wofür?«

»Ich sagte bereits, dass ich für dich da bin«, warf er abermals ein.

»Damit dein Bruder sich am Arsch der Welt ein gutes … Was?« Seine Worte dockten erst jetzt an der richtigen Stelle in meinem Gehirn an. Ich war total neben der Spur. »Du … du bist für mich da?«

Luke grinste wie ein kleiner Junge, während er sich an den Tisch setzte. »Natürlich.«

»Warum? Außerdem … Wie stellst du dir das vor? Die Kosten sind nicht ohne.«

»Das lass meine Sorge sein. Ich habe den größten Teil meines Solds in Aktien gesteckt. Die Armee entlohnt Auslandseinsätze sehr gut. Na ja«, er zuckte mit den Schultern, »die Ernte war sehr ertragreich. Ich gebe dir das Geld, und du kannst die laufenden Kosten fürs Haus begleichen.«

Ich war sprachlos. Aber wie würde ich mir vorkommen, wenn ich Lukes Geld nahm? Entschieden schüttelte ich den Kopf. »Das kann ich nicht annehmen.«

»Wieso nicht?«

»Weil du nichts damit zu tun hast – genau wie mit mir.«

Ein Muskel zuckte unter seinem Auge. »Dass du dich da mal nicht irrst«, erwiderte er mit ernster Miene. »Du gehst mich sehr wohl etwas an.«

»Um der alten Zeiten willen? Weil wir Sex miteinander hatten?«

»Nein …« Luke stockte. »Weil ich dich mein halbes Leben lang kenne und du der anständigste Mensch bist, den ich je getroffen habe. Du verdienst das einfach. Ich habe mir immer gewünscht, wie du zu sein.«

Sein Geständnis überraschte mich. Luke hatte früher nie den Eindruck erweckt, wie ich sein zu wollen.

»Trotzdem will ich dein Geld nicht. Ich würde mir …«

»Schäbig vorkommen?«, beendete er den Satz.

»Ja, genau.«

Luke lächelte. Ein Lächeln, das sich auch in seinen Augen widerspiegelte. »Siehst du, ich weiß sogar, was du sagen willst. Wenn ich dir das Geld anbiete, darfst du es nehmen.«

Störrisch schüttelte ich den Kopf. »Ich kann es dir nicht zurückzahlen.«

»Ich will es auch nicht zurück«, bemerkte er leise.

Luke griff auf einmal nach meiner Hand. Ich hielt den Atem an. Meine Gefühle fuhren Achterbahn und die Fahrt ging mir viel zu schnell.

In mir wuchs die erregende Vorstellung, ihn zu küssen. *Eins mit ihm sein, mit ihm verschmelzen.*

Ich wollte »Küss mich« sagen, um endlich seine Lippen zu spüren. Eine Welle des Verlangens schoss durch mich hindurch. Die innige Vertrautheit zwischen uns war auch nach acht Jahren nicht erloschen.

Erneut blickte ich in eine andere Richtung, bevor er in meinen Augen etwas las, dass nur wieder zu einer schnellen Sexnummer mutieren würde. Wie sollte ich Luke erklären, dass ich nicht nur auf Sex aus war, sondern auf Liebe? Außerdem war er der Bruder meines noch-Freundes. Wir waren uns schon viel zu nahegekommen.

Sanft strich sein Daumen über meinen Handrücken. Wahrscheinlich war er sich der Geste nicht einmal bewusst. Ich mir dafür umso mehr.

»Ich habe in der Vergangenheit vieles getan, auf das ich nicht stolz bin.« Seine eiserne Maske schien zu fallen.

Ich sah ihn an. Er legte mir mit diesem Geständnis einen Teil seiner Seele zu Füßen.

»Niemand wollte etwas mit dem ›Bad Boy Luke‹ zu tun haben. Sogar meine eigene Familie hat mich gemieden. Doch du warst da – immer, jederzeit.« Fragend neigte er den Kopf zur Seite. »Warum hast du immer zu mir gehalten?«

Mein Hals fühlte sich eng an. »Weil … weil ich dich geliebt habe«, sagte ich leise. »Mehr, als du dir vorstellen kannst.«

»Wieso?«

Die Frage irritierte mich, doch dann begriff ich, warum die Antwort für Luke wichtig war. Ich meinte mich zu erinnern, dass er einmal behauptet hatte, sich der Liebe eines anderen Menschen unwürdig zu fühlen.

»Du bist der mutigste, ehrlichste und liebevollste Mensch, den ich kenne«, sagte ich.

Seine Miene blieb hart. »Ich bin weder mutig noch ehrlich und schon gar nicht liebevoll.«

»Wenn nicht du, wer dann?« Mir war danach, die Hand auszustrecken und sanft über seine Wange zu streicheln, um die Härte aus seinem Gesicht zu vertreiben.

»Für mich bist du das alles … und noch viel mehr«, fügte ich leise hinzu.

Unterschwellig teilte ich ihm mit, dass da immer noch Gefühle existierten, die ich nicht wagte auszusprechen. Falls Luke meinen Wink verstand, ließ er sich nichts anmerken.

»Weißt du noch, als ich dich damals gefragt habe, ob ich wirklich der Richtige für dich bin?«

Dass er sich daran noch erinnerte.

Ich nickte. »Du sagtest außerdem, meine Gefühle für dich wären falsch. Aber an deinem Blick habe ich abgelesen, dass du genau gewusst hast: Du warst derjenige, den ich wollte.« Ich sah ihm in die Augen. »Drei Tage später warst du fort.«

»Darauf bin ich bestimmt nicht stolz«, erwiderte Luke geknickt.

Ein kleiner Funke glühte nach wie vor für ihn. Ob ich allerdings dazu bereit war, den Funken zu einem Feuer anzufachen? Ich war nicht sicher.

»Du hast keine Ahnung, was ich im Krieg getan und erlebt habe, um zu überleben«, gestand er leise.

Wahrscheinlich war ich der erste Mensch, dem er das so erzählte. Dass Kriege grausam waren, erübrigte sich jeden Kommentars. Ich würde ihm zuhören. Luke war bereit, mehr zu erzählen, er musste nur über seinen eigenen Schatten springen – was er noch nie gern getan hatte.

»Du hast nach meinen Narben gefragt.«

Ich nickte, spürte, dass ihm dieses Thema unangenehm war.

»Einige Granatsplitter stecken noch in meinem Rücken, die die Ärzte nicht entfernen konnten, ohne meine Lungen zu verletzen. Ich besitze nach einem Einsatz nur noch eine Niere. Ein Hinterhalt. Unser *Panther* ist über eine Bombe gefahren.« Er sah auf die Tischplatte, seine Miene von Trauer gezeichnet. »Viele meiner Männer ließen ihr Leben oder wurden schwer verletzt.«

Mir stiegen Tränen in die Augen. Luke trug eine schwere Bürde. »Das tut mir leid.«

Ein gequältes Lächeln umspielte seine Mundwinkel. »Muss es nicht, Süße, ich habe mir das selbst ausgesucht. In manchen Nächten plagen mich Alpträume über die vielen Opfer. Der Krieg ist grausam und …« Er brach ab.

»Mir wurde nahegelegt, ein Traumtagebuch zu führen, um die Erlebnisse zu verarbeiten«, fuhr Luke fort. »Du hast das Exemplar bereits in meinen Sachen aufgespürt.«

Für meine Neugier könnte ich mir heute noch selbst einen derben Tritt in den Hintern versetzen. »Tut mir leid, ich wollte wirklich nicht schnüffeln.«

Er schmunzelte. »Bereits verziehen.«

»Wieso beendest du das Soldatenleben nicht, wenn du das nicht mehr schaffst?« Von seiner Antwort hing für mich viel ab – allenfalls sogar meine Zukunft.

»Meine Verpflichtungen gegenüber meinen Männern … Freunde, die ich nicht in Stich lassen kann. Sie sind quasi meine Familie.«

Dass ihm Fremde mehr bedeuteten als ich, versetzte mir einen schmerzhaften Stich. Seine Aussage bestätigte, dass Luke und ich keine weitere Chance hätten, auch wenn ich ihm meine Gefühle mitteilen würde. Er war und blieb ein Soldat der englischen Krone.

Kapitel 16

Ami sah mich an, als ob ich ihr eine geknallt hätte.

Soeben hatte ich ihr klargemacht, dass ich trotz meines Traumas nach Afghanistan zurückgehen wollte. Ob ich das in naher Zukunft wirklich tun würde, stand auf einem anderen Blatt. Operation *Red Dagger* hatte mich quasi an den seelischen Abgrund gerissen. Wenn ich nicht jeden Abend eine weiße Pille einwarf, verfolgten mich die verbrannten Gesichter in meinen Träumen. Ich schlief nicht gern.

»Was ist in Afghanistan noch passiert?«, fragte Ami leise.

Eigentlich wollte ich nicht über Nad Ali reden. Als ich jedoch in Amis Augen sah, fiel es mir nicht schwer, meinen Schmerz in Worte zu fassen. Ein Engel saß vor mir, der mich sanft vom Abgrund wegzog.

»Operation *Red Dagger* diente zur Vertreibung der Taliban rund um Nad Ali.« Ich stockte, der Dämon fuhr bereits seine Krallen aus. »Wir erreichten unser Absprungziel und landeten kurz davor.«

»Du kannst Fallschirmspringen?«, fragte sie überrascht dazwischen.

Ihre Frage vertrieb den Dämon in die hinterste Ecke. Ein warmes Gefühl breitete sich in mir aus. Ich lächelte sogar. Der Alptraum wurde von diesem wunderschönen Engel in ein entferntes Erlebnis verwandelt.

»Ja, in meiner Ausbildung musste ich das auf die harte Tour lernen.«

Plötzlich schüttelte sie den Kopf. »Entschuldige, ich wollte dich nicht unterbrechen.«

»Das ist nicht schlimm. Seltsamerweise fällt es mir jetzt sogar leichter, darüber zu reden.« Ich holte tief Atem, um das warme Gefühl nicht zu verlieren. »Meine Truppe kämpfte an vorderster Front, um das Gebiet zu sichern und der Nachhut einen reibungslosen Einzug zu ermöglichen. Was wir jedoch in Nad Ali vorfanden, war das Grausamste, das ich je erlebt habe. Die Taliban hatten die Stadt mit Brandbomben attackiert. Die Straße war voller verletzter Menschen. Der Gestank war fürchterlich.« Ich schloss die Augen, der Dämon fauchte in mir.

Eine Hand legte sich tröstend auf meine. Das Fauchen wurde zu einem entfernten Echo.

Ich öffnete die Lider und sah Amis gütiges Gesicht. Sie war mir so nah, dass ich ihre winzigen Sommersprossen auf der Nase erkannte.

Meine süße, wundervolle Ami findet einen Weg, den Dämon zu besiegen. Wieso habe ich das nicht schon viel früher erkannt?

»Ich werde die Schreie der verwundeten Menschen niemals vergessen«, bemerkte ich leise. »In meinen Träumen verfolgen sie mich. Nur durch eine allabendliche Pille finde ich einen traumlosen Schlaf.«

Ihre andere Hand strich sanft über meine Wange. In ihren Augen standen Tränen. Es herrschte eine besondere Stimmung zwischen uns – nichts Begehrliches, nichts Sexuelles, nur ein Gefühl der Zusammengehörigkeit. Das fühlte sich richtig an, mich Ami anzuvertrauen. Sie schien der einzige Mensch zu sein, der meine Wunden heilen konnte.

»Du darfst niemals vergessen, dass ihr vielen Menschen auch geholfen habt«, wisperte sie. »Ich hatte nie eine genaue Vorstellung, wie das Leben für dich dort ist. Es macht mich traurig, dass du das erleben musstest. Damit du es weißt, Luke, du kannst mir alles erzählen. Ich höre dir zu.«

»Dito«, sagte ich.

Ami lächelte. Ich fand das einfach zauberhaft. Offenbar hatte es keinen Zweck, zu versuchen, sie zu meiden.

Auf einmal neigte sie lächelnd den Kopf zur Seite. Auch wenn das verdammt reizend aussah, spürte ich nicht das geringste Verlangen, mit ihr intim zu werden.

»Was hältst du davon, wenn ich uns etwas koche?«, fragte sie. »Hast du Hunger?«

»Das ist eine gute Idee.«

Sie reichte mir die Papiere. »Und lass deinen Freund mal einen Blick darauf werfen. Eventuell findet er etwas heraus, das wichtig ist. Auf die Polizei möchte ich mich nicht verlassen.«

Schweigend sah ich Ami dabei zu, wie sie den Salat wusch. Ich kam mir überflüssig vor. Kochen war nicht meine Welt.

»Kann ich dir bei irgendetwas helfen?«, bot ich trotzdem an.

Sie schmunzelte. »Willst du dir die Finger absäbeln?«

Mit Leichtigkeit fuhr das lange Messer durch die Gurke. »Aber wenn du möchtest, kannst du schon mal das Fleisch aus dem Kühlschrank holen. Die Pfanne steht in dem Unterschrank neben der Spüle. Wenn du so lieb wärst und die auch noch hervorholst?«

Ich kramte ein in Papier eingewickeltes Päckchen aus dem Kühlschrank und legte es auf die Arbeitsplatte. Die Töpfe gaben ein lautes Scheppern von sich, als ich die Pfanne mit zu viel Schwung aus dem Schrank zog.

»Und nun?«

»Nun schaust du zu und wirst ein großartiger Koch«, feixte sie. »Vielleicht ist …«

Ein Telefon klingelte irgendwo im Haus. Meins war es nicht.

»Ich glaube, da wird dein Typ verlangt«, sagte ich.

Amis Stirn krauste sich nachdenklich. »Das ist nicht meins.«

»Meins auch nicht.«

Sie ging auf die Suche, ich folgte ihr. Der Ton wurde lauter, je mehr wir uns einem Zimmer im Erdgeschoss näherten. Ami ging schneller und riss die Tür förmlich auf. Hektisch blickte sie sich um, trat an den Schreibtisch und öffnete nacheinander die Schubladen.

Ich trat in das Zimmer, das sich als Pauls Arbeitszimmer herausstellte. Unmengen von Aktenordnern standen in den Regalen. Der Schreibtisch sah penibel aufgeräumt aus, jeder Gegenstand hatte seinen angestammten Platz. Sogar die Schreibtischunterlage zierte exakt die Mitte des Tisches.

Das Klingeln erstarb, als Ami aus der untersten Schublade ein Smartphone hervorholte. Sie sah blass aus, während sie das Telefon anstarrte.

»Ist das ein weiteres Handy von Paul?«, fragte ich, während ich neben sie trat.

»Ich kenne das Telefon jedenfalls nicht. Fünfzehn verpasste Anrufe. Was hat das zu bedeuten?«

»Wer hat angerufen?«

»Weiß nicht. Die Nummer wird nicht angezeigt.« Verwirrt sah sie mich an. »Warum haben wir das Klingeln nicht schon früher gehört?«

Ob das etwas geändert hätte? Die Überraschung wäre gleich geblieben. Ami drückte mir das Smartphone in die Hand. Ich starrte auf ein gesperrtes blaues Display. Ich könnte das Gerät Joe zukommen lassen. Das Schlitzohr knackte jedes Passwort und fand auch den unbekannten Anrufer heraus, aber das würde ich nicht hinter Amis Rücken tun. Ich trug schon genug Geheimnisse mit mir herum.

»Möchtest du, dass ich das Handy Joe gebe? Er kann die Sperre knacken und auch den Anrufer herausfinden.«

Mit großen Augen sah sie mich an. »Ich weiß nicht, ob ich jede Kleinigkeit so genau wissen will, nachdem …«

Ich gab ihr das Smartphone zurück. »Denk darüber nach. Das Angebot steht.«

Sie nickte. »Danke.« Nachdenklich blickte sie das Telefon an. »Wo ist Paul abgeblieben?«

Dass mein Bruder nach wie vor ein Thema bei ihr war, gab mir einen Stich.

»Ich kann dir diese Frage auch nicht beantworten«, erklärte ich sanft.

»Meinst du, er lebt noch?«

»Ja – mit ziemlicher Sicherheit sogar.«

»Warum hält er sich versteckt? Wieso meldet er sich nicht bei mir?«

Ich zuckte die Achseln. Ami in weitere Konflikte zu stürzen, erschien mir in dem Moment zu brutal. *Verdammt, wenn sie wüsste …*

Mit dem Smartphone in der Hand ging Ami in die Küche zurück. Ich stand nachdenklich auf meinem Fleck und betrachtete den aufgeräumten Schreibtisch.

Joe musste mir noch ein paar Infos über die russische Organisation beschaffen. Die Polizei arbeitete für meinen Geschmack zu langsam. Ob sie überhaupt von den Russen wusste? Es kamen zu wenig Nachfragen, was mein Bruder vor seinem Verschwinden getrieben hatte.

Ich kapierte so einige Dinge nicht. Die zuständigen Beamten erweckten nicht den Eindruck, gründlich genug zu suchen.

Ich konnte Ami weder von der russischen Organisation noch von Jennifer erzählen. Eine brauchbare Lösung musste her, irgendetwas, dass mein Gewissen und Amis Seelenfrieden beruhigte.

»Morgen früh fahre ich erst mal zur Bank«, murmelte ich. »Mach einmal in deinem zivilen Leben etwas Sinnvolles, Luke Adams.«

Natürlich war unser gemeinsames Abendessen gelaufen.

Ich legte das Fleisch in den Kühlschrank zurück. Für den Rest des Abends würde ich Ami bestimmt nicht wiedersehen. Mit einer Schüssel Gurken, Salz und einer Dose Bier setzte ich mich ins Gras und betrachtete die untergehende Sonne.

Vielleicht war es klüger, endlich die Biege zu machen, wenn ich Ami das Geld gegeben hatte? Selbst jetzt schien Paul das Glück gepachtet zu haben, Ami hielt nach wie vor an ihm fest. Dabei verdiente der verlogene Mistkerl das gar nicht.

Ich traute mich nicht, sie zu fragen, wie sie zu uns stand. Wir hatten miteinander geschlafen, das bedeutete mir eine Menge … Nein, es war Ami.

Entweder ging ich in die Offensive und stellte Ami vor vollendete Tatsachen und gestand ihr meine Liebe. Oder ich kehrte stillschweigend zur Armee zurück.

Wie ich mich auch entscheiden würde, letztlich blieb eine Wahrheit immer bestehen: Acht lange verdammte Höllenjahre hatte ich gebraucht, damit ich kapierte, dass Ami die Liebe meines Lebens war und ich der größte Trottel auf dieser Erde.

Kapitel 17

Am nächsten Morgen fand ich Ami auf der Terrasse vor.

Das Stirnpflaster hatte sie entfernt. Die kleine Platzwunde schimmerte rötlich auf ihrer gebräunten Haut.

Ich lächelte, während ich beobachtete, wie sie etwas in ihren Laptop tippte. Wahrscheinlich schrieb sie an einem neuen Buch. In meiner Hand hielt ich einen Umschlag. Der Scheck betrug zwanzigtausend Pfund. Sie brauchte dringend finanzielle Hilfe.

Fast vier Tage waren vergangen, und von meinem Bruder fehlte immer noch jede Spur. Ich sah Ami still um eine Beziehung trauern, die schon längst vor die Hunde gegangen war. Die es nicht wert war, beweint zu werden. Ami war ein guter Mensch und verdiente das nicht.

Eine Sache war mir gestern Abend klargeworden: Ob mit mir zusammen oder allein, ich wollte nur, dass sie glücklich und zufrieden war. Ich trat aus dem Schatten des Baumes und ging auf den Gartentisch zu.

Ami sah auf und lächelte. »Hallo, Luke.«

Ich widerstand dem Impuls, ihren lächelnden Mund zu küssen und setzte mich an den Tisch. Zur Ablenkung wies ich auf den Laptop. »Ein neuer Roman?«

Ihre Miene sah für einige Sekunden überrascht aus, doch dann lächelte sie erneut. Mit solch einer Frage schien sie nicht gerechnet zu haben. »Ähm … ja. Die Geschichte soll mal zwischen zwei Buchdeckel kommen.«

Für das Durchhaltevermögen, so etwas allein auf die Beine zu stellen, zollte ich Ami meinen allergrößten Respekt. Ich bewunderte Menschen, die etwas aus ihrem Leben machten, ohne dabei kriminell, manipulierend, aggressiv oder egoistisch vorzugehen. Ami war nichts davon, sie war einfach bezaubernd.

Und ich bin der größte Trottel auf dieser verfluchten Erde, ich habe die Armee gegen Ami eingetauscht.

»Bewundernswert. Wie bist eigentlich dazu gekommen, Bücher schreiben zu wollen? Ich meine, du hast früher nie davon gesprochen.«

»Eines Tages habe ich mich an den Computer gesetzt und geschrieben. Die Geschichte wuchs und wuchs, und irgendwann war sie fertig. Ich liebe es, Geschichten zu schreiben. Schreiben ist für mich wie Atmen.« Ihr Gesicht sah glücklich und strahlend aus. So wollte ich sie sehen. »Aber glaub nicht, dass man als Autorin über Nacht zur Millionärin wird. Das ist verdammt harte Arbeit«, fuhr sie fort. »Meine Bücher verkaufen sich zwar recht gut, dennoch bleiben keine Reichtümer übrig, da mein Verlag auch seinen Anteil bekommt. Doch das Schreiben macht mich glücklich.« Sie zog ihre Nase kraus. »Das hört sich seltsam an, nicht?«

»Gar nicht«, gestand ich.

Jeder Mensch besaß einen Traum. Wenn der sich erfüllte, war das der Himmel auf Erden. Ami hatte sich einen großen Traum erfüllt und liebte es. Ob auch ich eines Tages den Himmel auf Erden fand, bezweifelte ich.

Ich zog den Umschlag unter dem Tisch hervor und schob ihn in ihre Richtung. »Ich habe etwas für dich von der Bank geholt.«

»Ich möchte dein Geld nicht.« Energisch schob sie den Umschlag von sich.

Herrgott, sie konnte aber auch dickköpfig sein.

Ärger kitzelte mein Gemüt. Ich versuchte, meine Stimme nicht entrüstet klingen zu lassen. »Ich will dir nur helfen, verdammt noch mal.«

»Ich komme klar. Ich brauche keine Hilfe.«

Ich legte meine Hand auf ihren Arm, hoffte, dass mein Blick

bittend genug war. »Ich will nicht, dass du dir eine kleine Wohnung nimmst. Du gehörst hierher.«

»Weshalb?«

Gern hätte ich ihr gesagt, dass dies mein größter Wunsch wäre, doch das hätte sie mir niemals geglaubt. Warum auch? Ami besaß von mir ein völlig falsches Bild. Eine Fassade, die nicht meinem wahren Ich entsprach. Ich hatte mit meinem Verhalten dafür gesorgt, dass sie mich für Jekyll und Hyde hielt.

»Ich denke, das wäre Pauls Wunsch«, sagte ich stattdessen.

»Ernsthaft, Luke?« Ami lachte.

Lachte sie über mich oder über meinen Satz? Ich war nicht sicher.

Wie eine Furie sprang sie auf und sah mich verärgert an. »Hör auf, ihn in Schutz nehmen zu wollen. Er hat sogar ein geheimes Handy, von dem ich nichts wusste. Und ich habe auch noch Tränen für ihn vergossen. Paul hatte *nichts* für mich übrig.«

Ihren letzten Satz konnte und wollte ich nicht revidieren. Offenbar stimmte das tatsächlich. Ich hatte ihn all die Jahre falsch eingeschätzt.

»Ihr drückt euch gerne vor Verantwortung, nicht wahr? So seid ihr Adams-Brüder. Schnell abhauen ohne zurückzublicken.«

Schlagartig wurde mir bewusst, dass Ami nicht nur über die Beziehung zu Paul wütend war, sondern auch über unsere. Sex war die eine Seite der Medaille. Die Kehrseite gab mir weitaus mehr. Mehr als ich gedacht hätte, dass ich die Liebe brauchte. Vor ein paar Tagen hatte Ami einen ähnlichen Satz gesagt, den ich leichtfertig abgetan hatte – als eine nicht ernstzunehmende Floskel.

Schon da hatte sie mir sagen wollen, dass da immer noch etwas zwischen uns war.

Langsam stand ich auf und trat auf sie zu.

Ihre Miene sah trotzig aus, während sie zu mir hochblickte. Doch ihr Misstrauen würde ich ihr nehmen. Ich legte meine

Hand an ihre Wange, auch auf die Gefahr hin, dass sie die wegschlug. Ihrem Trotz wich Verwirrung.

Mein Daumen strich zärtliche Kreise auf ihrer Haut. »Du hast es mir niemals verziehen, dass ich gegangen bin, nicht wahr?«

»Du hast mir das Herz gebrochen. Bist du nun zufrieden?«

»Nein, bin ich nicht. Der Gedanke macht mich nicht froh.« Ich zog sie an mich, ohne über die Konsequenzen nachzudenken.

Ich verspürte nur einen Wunsch: Mein Verlangen nach ihr zu stillen. Fakt war, dass Ami noch nicht mit uns abgeschlossen hatte – genauso wie ich.

Ich sah ihr in die Augen, suchte nach der endgültigen Bestätigung, richtig zu liegen. Ami lehnte sich mit einem leisen Seufzen an mich. Mein Herz klopfte laut. Ihre Haare rochen nach Apfel, das versetzte mich in ein nostalgisches Gefühl.

Ich senkte meinen Kopf. Meine Lippen berührten ihre und ich schloss die Augen. Sanft trafen sich unsere Zungen. Ich legte all meine ungesagten Gefühle in diesen Kuss. Ami musste doch spüren, was ich empfand?

Ich hatte auch nicht vor, sie in irgendeiner Art zu verführen. Ami einfach nur halten und nie wieder loslassen zählte zu meinem größten Wunsch.

Die Anspannung wich aus ihren Muskeln. Ami wurde anschmiegsamer in meinen Armen. Als sich unsere Lippen trennten, waren ihre Augen immer noch geschlossen.

»So hast du mich noch nie geküsst«, wisperte sie.

Richtig, zuvor hatte ich sie nicht so geliebt, wie ich es jetzt tat.

»Ich weiß«, sagte ich leise, um diesen innigen Moment nicht zu zerstören.

Ich wollte nicht nur ihren Körper besitzen, sondern auch ihr Herz – bis zu meinem letzten Atemzug. Sie zog mich zu einem erneuten Kuss heran. Diesmal war sie es, die mich zu mehr verführte – und ich ließ sie gewähren. Ami zog mein T-Shirt aus der

Jeans. Mit ihren warmen Fingern fuhr sie über meinen Rücken. Ich unterdrückte nicht das wohlige Zittern, sämtliche Härchen stellten sich auf meinem Körper auf.

Als ihre Fingerspitzen über meine Narben fuhren, unterbrach sie den Kuss.

»Tut mir leid«, sagte sie atemlos.

»Du darfst sie berühren«, raunte ich, während ich mich an ihrem T-Shirt zu schaffen machte.

»Komm mit.« Ich führte sie in mein neues Zuhause, während wir uns wie zwei Ausgehungerte küssten.

Unsere Kleidung lag verstreut in meinem Wohnzimmer. Ich wollte sie so sehr, dass die Lust schon fast schmerzte. Bevor uns jedoch komplett die Sicherungen durchbrannten, musste noch eine Sache geklärt werden.

»Ich benutze ein Kondom, wenn du das möchtest«, keuchte ich an ihren heißen Lippen.

»Nein, das will ich nicht«, hauchte sie.

Meine Hände umfassten ihren Hintern, und ich drückte meine Erektion an ihre nackten Schenkel. Ami schlang lasziv die Beine um meine Hüften. Sie fing an, sich an mir zu reiben. Ihre heiße, feuchte Spalte fuhr über die empfindliche Spitze. O ja, sie verschaffte sich ebenso Genuss. Ein Stöhnen löste sich aus meiner Kehle.

Ich lehnte mich gegen die Wand, um nicht den Halt zu verlieren und schob meinen Arm unter ihren Hintern.

Eine heiße Welle der Gier durchströmte mich. Ich grub meine Hand in ihr Haar, um sie zu küssen. Amis Ritt wurde wilder und ich stand kurz davor, die Kontrolle zu verlieren.

Ich hielt ihren Po fest, obwohl es mich fast jede Selbstkontrolle kostete.

»Wenn du so weitermachst«, keuchte ich, »spritze ich dich von oben bis unten voll.«

»Das macht nichts«, hauchte sie.

Ihre Augen schimmerten düster vor Verlangen. Sie gab meine

Hüften frei, und ich zog sie weiter in mein Schlafzimmer. Während wir aufs Bett sanken, öffnete Ami ihre Schenkel. Ihr hektischer Atem streifte meine Wange.

»Nicht so schnell, meine Süße, wir haben alle Zeit der Welt. Diesmal wird das keine einmalige Sache.«

Meine Zungenspitze umkreiste ihre Brustwarzen. Ich saugte und leckte an ihnen. Ich wusste sehr wohl, worauf meine Süße stand. Ich küsste jeden Zentimeter ihrer Haut. Amis Hand wanderte zwischen ihre Schenkel, wobei sie meinen Namen wimmerte.

»Du heißes Luder machst es dir gern selbst«, wisperte ich, während sie sich stimulierte.

Ich zog ihre Hand weg.

»Bitte, Luke«, wimmerte sie. »Ich will dich.«

Meine Hand wanderte nach unten und ich versenkte meinen Finger in ihre feuchte Tiefe. Der zweite folgte. Ami bog mir stöhnend ihren Unterleib entgegen.

Und als mein Daumen ihre süße Klitoris massierte, durchlief ein Zittern ihren schönen Körper. Ihre harten Nippel ragten in die Höhe. Ich konnte nicht anders, als noch einmal von ihnen zu kosten.

Ami stöhnte. Ihre warme Haut trieb mich in den Wahnsinn. Nie zuvor hatte ich sie so intensiv wahrgenommen. Mein Daumen steigerte das Tempo, während meine Finger in ihre herrliche Nässe glitten. Bei Gott, das würde ein wahrer Hochgenuss werden, endlich in ihr zu sein.

Ihre Klitoris war mittlerweile prall und hart, genauso wie mein Schwanz. Ami stand kurz vor ihrem Orgasmus. Ihr Stöhnen steigerte sich. Ich wollte in ihr sein, wenn sie ihren Höhepunkt erlebte.

Noch während ich sie küsste, drang ich in sie. Ihr heißer, feuchter Schoss umfing mich wie eine warme Decke. Ich liebte diese Nässe – das und Amis heftiges Stöhnen trieben mich an. Ich glitt tiefer, bis ich sie ganz ausfüllte.

Ami umschlang mich mit ihren Schenkeln. »O mein Gott, stoß tiefer.«

Eigentlich hatte ich das diesmal nicht vor, doch Ami feuerte mich dazu an, heftiger in sie zu stoßen. Mit jedem Stoß loderten die Flammen in meinen Lenden höher. Ich bewegte mich schneller. Zusammen schwebten wir der Erlösung entgegen. Ihre Nägel gruben sich in meinen Hintern, schienen tiefe Striemen zu hinterlassen. Verdammt, das machte mich noch geiler. Diese Frau brachte mich eines Tages bestimmt noch ins Grab.

Als Ami ihren Höhepunkt erlebte, brodelten meine Lenden. Ihre heißen, inneren Muskeln umspannten meine Härte. Lustschreie lösten sich aus ihrer Kehle. Ihr Körper zuckte, ihre Muskeln spannten sich für einige Sekunden an, um nach einer letzten, ekstatischen Welle weicher zu werden. Auch ich strebte der ersehnten Erlösung entgegen, ohne einen Gedanken daran zu verschwenden, wie wir uns in Zukunft begegnen würden.

In mir entlud sich eine Explosion. Das Zucken in meinen Lenden rang mir ein lautes Stöhnen ab.

Ich liebe dich, Ami … hätte ich ihr am liebsten gesagt. Warum fiel es mir so schwer, diese Worte laut auszusprechen?

Ich richtete mich auf, um sie anzusehen. Amis Augen waren geschlossen, auf ihren Lippen lag ein leichtes Lächeln. Sie sah glücklich aus.

Zärtlich strich ich über ihr Gesicht. Ich fasste nicht, was für Gefühle in mir tobten. Ihre Lider öffneten sich. Ich küsste sie – wie auf der Terrasse, damit sie verstand, dass ich der Mann an ihrer Seite war und nicht mein nichtsnutziger Bruder.

Kapitel 18

Diesmal war der Sex völlig anders gewesen.

Diesmal lag Luke neben mir und wandte sich nicht von mir ab. Es war genau das, was sich mein Herz gewünscht hatte. Mir war es auch nicht um Geld gegangen, als ich Luke gesagt hatte, dass niemand für mich da sei – mir ging es um Wärme und Nähe. Offenbar hatten wir aneinander vorbeigeredet. Letztlich war es mir egal geworden, was mit dem Haus wurde. Meinetwegen konnte der Anwalt alles verkaufen, ich wollte den Klotz sowieso nicht.

Ich lag in Lukes Armen und lauschte seinen tiefen Atemzügen. Sein Herz klopfte in gleichmäßigem Takt. Ich empfand das Geräusch als den schönsten Klang dieser Welt. In mir tobten unendlich viele Gefühle, die ich nicht auf einen Nenner bringen konnte. War es richtig oder falsch, mich erneut mit Luke einzulassen, solange nicht geklärt war, was mit Paul war? Die Antwort wusste ich nicht. Ich wusste nur, dass ich unendlich zufrieden und glücklich war. Ich betrachtete sein entspanntes Gesicht.

Ein leichtes Lächeln erschien plötzlich auf seinen Lippen. »Warum beobachtest du mich?«, fragte er leise.

»Du schläfst nicht?«

Luke öffnete die Augen, und ich versank in ihnen. Hell, tiefgründig und wunderschön. »Nein, da wäre ich ja verrückt, neben so einer schönen Frau einzuschlafen.«

Ich knuffte leicht in seine Rippen. »Hör auf, mich auf den Arm zu nehmen.«

»Das ist mein Ernst.«

»Noch nie hast du mir gesagt, dass ich schön bin.«

Seine Finger strichen zärtlich einige Haarsträhnen aus meinem Gesicht. »Ich habe für einige Dinge Jahre gebraucht, um sie zu kapieren. Du hast aber nicht auf meine Frage geantwortet.« Seine Fingerspitzen strichen sanft über meinen Rücken, fuhren an meiner Wirbelsäule entlang, um sich letztlich auf meinen Hintern zu legen.

»Ich wollte dich beobachten.«

»Warum?«

»Ich kann nicht wirklich glauben, dass du neben mir liegst.«

Eigentlich war das als Spaß gemeint. Der Humor verfehlte seine Wirkung, falls ich seine ernste Miene richtig deutete.

»Was du mir damit auch sagen möchtest, es scheint sich einiges zwischen uns geändert zu haben.«

Das hatte es allerdings. Dieser Luke, der jetzt neben mir lag, war derjenige, dem ich damals mein Herz geschenkt hatte. Seine ruchlose Fassade war eingerissen, um die sanfte Seite zu offenbaren – die Seite, die es wert war, ein Leben lang geliebt zu werden.

Ein seltsames Gefühl der Angst schnürte mir für einen Moment die Kehle zu. Luke würde in eine Umgebung zurückgehen, die ihm mehr zu geben schien als ein Leben in der zivilen Welt. Was tat ich dann mit all meinen Gefühlen für ihn? Ich würde abermals ganz am Anfang stehen, mit gebrochenem Herz und der Gewissheit, ihn erneut an einen Rivalen verloren zu haben, der mächtiger war als ich. Für mich war die Armee ein Kontrahent geworden. Den Luxus, mein Herz komplett an Luke zu verschenken, durfte ich mir nicht leisten.

»Meinen Umschlag, den du so unachtsam auf den Tisch zurückgelassen hast … Ich möchte, dass du den Scheck annimmst, um die laufenden Kosten zu bezahlen.«

»Du musst nicht dafür aufkommen.«

»Keine Widerrede, Ami. Tu mir den Gefallen, und nimm das Geld. Ich möchte das so.«

»Ehrlich gesagt liegt mir nichts an dem Haus.«

Lukes rechte Augenbraue schoss in die Höhe. »Du hast aber gesagt, dass du die Kosten nicht tragen kannst.«

»Mir ist klargeworden, dass ich lieber in einer kleinen Wohnung wohne, als Pauls Mist auszubaden. Verstehst du?«

»Na ja, so habe ich das noch nicht gesehen.« Luke küsste zärtlich meine Wange. »Dann nimm das Geld für dich«, flüsterte er. »Mach damit, was du möchtest.«

Auch wenn das sein Wunsch war, fühlte ich mich nicht wohl dabei.

»Okay«, sagte ich dennoch und kuschelte mich wieder an ihm.

»Wie geht es dir?«, fragte er leise.

Die Frage überraschte mich. Ich sah auf. »Gut.«

»Nur gut? O Mann, das beschäftigt mein männliches Ego für den Rest meines Lebens«, feixte er.

Ich lächelte. »Wie fühlst du dich denn?«

»Eine schöne Frau liegt nackt neben mir, und du fragst mich ernsthaft, wie es mir geht? Ich fühle mich großartig.«

Seine Finger umschlossen meine rechte Pobacke und massierten sie leicht. Sein Gesicht kam meinem näher. »Ich wüsste etwas, womit wir uns den Abend versüßen können«, raunte er.

Ich bekam eine Gänsehaut, als Lukes Zunge sanft über meine Halsbeuge strich. Seine Hand wanderte zwischen meinen Pobacken entlang, um sich einen Weg zwischen meine Schenkel zu bahnen. Während seine andere Hand mein angewinkeltes Bein leicht nach oben schob, glitt sein Finger von hinten in mich hinein. Luke hatte es schon immer verstanden, mich in wenigen Sekunden auf Hochtouren zu bringen. Seine andere Hand grub sich in mein Haar, während seine Zunge sanft die meine liebkoste.

Luke sollte mich vermissen, wenn er, in den heißen Nächten wachliegend, an mich dachte. Mich in Erinnerung behalten, eingebrannt in sein Gedächtnis. Ich würde nun die Führung übernehmen. Ihm einen Grund geben, damit er in Zukunft niemals vergaß, dass nichts auf dieser Welt mich ersetzen konnte. Die

Momente mit ihm wollte ich in vollen Zügen genießen. Wer wusste schon, wie viel gemeinsame Zeit uns noch blieb?

Während ich mich auf ihn setzte und wollüstig meine Hüften kreisen ließ, umfassten seine Hände meine Brüste. Meine Scham fuhr über die weiche, feste Haut. Seine Erektion pulsierte. Aus seinem Mund drang ein undefinierbarer Laut.

»Schätzchen«, raunte er, »du willst mich wohl in den Wahnsinn treiben?«

»Ja«, hauchte ich, wobei ich meinen Unterleib anhob und seine Härte in mich einführte.

Ein Zittern durchfuhr seinen Körper, während mir ein wollüstiges Stöhnen entglitt. Luke füllte mich aus. Seine Hände packten mich bei den Hüften, hielten mich fest, doch ich würde diesmal das Tempo bestimmen.

Ich warf meinen Kopf in den Nacken und ritt ihn – schneller und immer schneller. Zusammen ließen wir uns im Strudel der Lust fallen. Ich hatte das Zepter in der Hand – das gefiel mir äußerst gut. Meine Macht berauschte mich und trieb mich immer weiter dem Höhepunkt entgegen.

Luke zitterte am ganzen Körper. Die Glut schien aus all seinen Poren zu dringen.

»Ami …«, keuchte er. »Ich … O, Gott.« Er war wie von Sinnen. »Du bist … wahnsinnig, Süße«, stieß er heiser hervor.

Ja, ich war wahnsinnig – wahnsinnig glücklich, wahnsinnig euphorisch, wahnsinnig verwirrt und wahnsinnig verliebt in Luke Adams.

* * *

Ami lag in meinen Armen, und ich seufzte glücklich. Sie gab mir die Nähe, die ich seit Jahren vermisste. Keine andere Frau erwärmte mein Herz wie sie. Ich bereute jetzt schon den Tag, an dem ich Schottland und damit ihr den Rücken kehren musste.

Die Entscheidung, nach Afghanistan zurückzugehen, würde

mir nicht mehr leichtfallen. Doch da waren noch meine Kameraden, Männer, die auf mich zählten … und da war auch noch mein Bruder. Ich konnte immer noch nicht einordnen, wie Ami hier und heute zu ihm stand, falls er unverhofft auftauchte. Das Allerschlimmste wusste sie noch gar nicht. Wie würde sie seine jahrelange Untreue und windigen Geschäfte aufnehmen?

Sanft schob ich eine brünette Haarsträhne aus ihrem Gesicht. Sie lächelte mit geschlossenen Augen.

»Du springst also mit einem Fallschirm aus einem Hubschrauber?«, fragte sie.

Ich lachte leise, obwohl mich der Themenwechsel irritierte. »Nein, aus einer Boeing C-17. Das ist ein riesiges Transportflugzeug, mit dem das Militär sogar Fahrzeuge transportiert.«

Ami schlug die Augen auf. »Okay. Und wenn du aus dem Flugzeug gesprungen bist?«

Ich sah sie an. Ihre wunderschönen Augen musterten mich aufmerksam. Nie hatte ich etwas Schöneres gesehen.

»Möchtest du tatsächlich die Details hören?«

»Ja, das möchte ich, wenn es dir nichts ausmacht. Ich meine, falls du darüber reden möchtest.«

Sanft küsste ich sie auf die Stirn.

»In erster Linie will ich überleben, wenn ich auf festem Boden lande. Meine Männer wissen, was zu tun ist. Jeder nimmt seine Position ein, wir halten nach Feinden Ausschau und sichern den Bereich.«

»Hast du schon mal jemanden getötet?«

Die Frage überraschte mich, aber ich wollte nicht lügen. »Mehr als einmal.«

»O«, wisperte sie.

»Entweder der Feind oder ich. Eine andere Option gibt es leider nicht. Zu Anfang hat mich das fast in die Verzweiflung getrieben. Irgendwann ist mir klargeworden, dass ein in Tüchern verhüllter Mann, der mit einer *Kalaschnikow* auf mich zielt, kein Gewissen in sich trägt und schon recht keine Schuldgefühle.«

Ami räusperte sich leise. »Und wenn ihr die Feinde besiegt habt?«

»Dann setzt mein Funkoffizier einen Funkspruch ab, und der restliche Trupp folgt.«

»Warum hast du gerade diesen gefährlichen Weg eingeschlagen? Du hättest auch Sanitäter werden können.«

»Du meinst, warum ich gerade zur *Black Watch* gegangen bin?«

»Ja.«

»Mein Ausbilder meinte, ich wäre ein Ausnahmetalent, das keiner Gefahr aus dem Weg geht. Er hat mich nach meiner Grundausbildung der *Black Watch* empfohlen. Ich wurde genommen, und musste einen harten Drill über mich ergehen lassen.«

Jetzt lag es an mir, eine wichtige Frage zu stellen. »Darf ich dich nun etwas fragen?«

Sie drehte den Kopf und sah mich an. »Ja, natürlich.«

»Was ist, wenn Paul vor der Tür steht?«

Ami senkte den Blick. Ich ahnte, dass sie die Antwort selbst nicht wusste. Ihr Schweigen machte klar, dass dieses Thema für sie noch nicht ausdiskutiert war.

»Ich weiß nicht«, wisperte sie schließlich.

»Versteh mich nicht falsch, Ami, aber ich wüsste gern, wo du stehst.«

Sie sah mich an. »Ich weiß ja noch nicht mal, wo Paul steckt. Womöglich liegt er irgendwo in einem dunklen Keller und verdurstet.«

Geschickt war sie meiner eigentlichen Frage ausgewichen.

»Der Kern meiner Frage war folgender: Wie geht es mit uns weiter?«

»Möchtest du einen Kaffee?«, fragte sie plötzlich. »Ich koche uns einen.«

Ami wollte aus dem Bett schlüpfen, doch ich hielt sie fest. »Meine Frage ist berechtigt. Was wird mit uns sein, falls Paul …«

»Du gehst nach Afghanistan zurück.«

Wie sie das sagte, hörte es sich seltsam an. Rechnete sie tatsächlich damit, dass ich zur Armee zurückging, nachdem, was wir füreinander empfanden? Hielt sie mich für so kaltschnäuzig? Eigentlich hatte ich gehofft, dass sie mich bitten würde, für immer zu bleiben. Das würde meine Wahl erheblich erleichtern. Ich durfte ihre Entscheidung jedoch nicht von meiner abhängig machen.

Irgendwie kamen wir mit unserem Gespräch auf keinen gemeinsamen Nenner. Ich nickte und ließ sie los. Vielleicht war es einfach noch zu früh, um über eine gemeinsame Zukunft nachzudenken?

Zuerst mussten wir herausfinden, was mit meinem Bruder war, um dann zu sehen, wie es mit uns weiterging. Wollte ich aber so lange auf Amis Entscheidung warten? *Ja, das will ich.*

Ich lächelte, um der angespannten Stimmung den Ernst zu nehmen. »Ein Kaffee wäre nicht schlecht. Du kommst aber zurück ins Bett, ja?«

Kapitel 19

Ich suchte den Boden nach Slip und T-Shirt ab, zog die Sachen über und ging in die Küche.

Was mit uns sein wird?

Lukes Frage hatte mich überrumpelt. Ich wusste wirklich nicht, was wäre, wenn Paul auf einmal vor der Tür stünde. Ich wusste nur, dass ich die Beziehung beenden würde, einen klaren Schlussstrich ziehen, um ein anderes, ein neues Leben zu beginnen – mit oder ohne Luke.

Natürlich hatte ich gespürt, dass auch Luke etwas für mich empfand. Ich wollte ihn aber auch nicht bitten, bei mir zu bleiben, um seine Verpflichtungen gegenüber seinen Männern zu vernachlässigen.

Meine Gedanken waren zu verworren.

Was mit Luke und mir sein wird, falls Paul …?

Lukes Worte ergaben Sinn. Auch er fand, dass wir zusammengehörten. Nach all den Jahren war Luke immer noch der Mann, den ich für mein Leben wollte. Zuerst würde ich jedoch Paul und unsere Vergangenheit hinter mir lassen. Das Alte abstreifen, um etwas Neues zu beginnen.

Ich setzte den Kaffee auf und blieb bei der Maschine stehen, um einige Minuten für mich zu sein. Auch wenn das schwarze Getränk mir keine Antworten gab, empfand ich das leise Plätschern als beruhigend.

Pauls geheimes Smartphone klingelte. Ich zuckte zusammen. Das Telefon rutschte vibrierend über den Küchentresen. Ich starrte das hellerleuchtete Display an.

Der Anrufer kann mir bestimmt etliche quälende Fragen beantworten.

Entschlossen griff ich danach. Das Vibrieren übertrug sich auf meine Handfläche. Ich nahm den Anruf an.

»Paul! Gott sei Dank!«, meldete sich eine Frauenstimme erleichtert. »Ich habe mir solche Sorgen gemacht.«

Fassungslosigkeit überkam mich. Mein Atem entwich mit einem leisen Pfeifen. Ich hatte das geahnt. Nein, gewusst. Paul, dieser Mistkerl, hatte mich tatsächlich betrogen! Sein abweisendes Verhalten ergab schlagartig Sinn.

»Wer bist du?«, fauchte ich in den Hörer.

»Ähm … Wer ist denn da?«, fragte die Frauenstimme vorsichtig.

Mir stand nicht der Sinn danach, nett oder höflich zu sein. »Ich habe zuerst gefragt. Wie ist dein Name?«

»Jennifer Dryer.«

»Du bist J. D., nicht wahr? Du bist diejenige, die jeden Monat Geld von Paul bekommt.«

»Wer bist du überhaupt?«

»Ami … Ami Steward.« Zu mehr war ich nicht fähig, in mir pochte eine Wut, die mich kaum atmen ließ.

Seltsamerweise war ich nicht wütend auf die Frau, sondern auf die verschwendete Zeit, die ich mit Paul verbracht hatte.

»O.«

»O? Soll heißen: O, wie blöde ist die kleine Ami, um sich an der Nase herumführen zu lassen? Oder: O, sie hat uns erwischt?«

»Hör zu, Ami, es ist für mich auch nicht leicht. Ich wusste …«

»Ach, tatsächlich?«

»Ich habe Luke bereits gesagt, dass ich nichts von dir …«

Der Hieb zog mir den Boden unter den Füßen weg. »Luke?«

»Ja, Pauls Bruder.« Ihre Stimme klang verwirrt.

Meine Gedanken liefen nicht mehr synchron.

»Luke … Luke weiß von dir? Woher weiß er … er von dir?«, stammelte ich wie ein begriffsstutziger Esel.

»Das weiß ich nicht. Er hat vorgestern bei mir angerufen. Ich dachte, Luke hätte dir mittlerweile von mir und Jonathan erzählt. Tut mir leid, dass du es so erfahren musst.«

Die Umgebung drehte sich. Ich krallte mich am Küchentresen fest. Das Loch unter mir war nicht tief genug.

»Jonathan?«, wisperte ich mit tauben Lippen.

»Pauls Sohn«, entgegnete sie leise.

Auch wenn ich Jennifers Mitgefühl heraushörte, war die Neuigkeit ein Schock.

»Pauls …« Am liebsten hätte ich das Smartphone an die Wand geworfen.

Obwohl ich mit Paul abgeschlossen hatte, fühlte ich ein schmerzhaftes Pochen in meiner Brust. Die Zeit mit ihm fühlte sich unnütz und verloren an. Doch nicht nur Paul hatte mich belogen, sondern auch Luke. Ich wusste nicht, was mehr schmerzte.

»Tut mir leid, dass du das so erfahren musst«, wiederholte Jennifer. Ihre Stimme drang wie aus weiter Ferne zu mir durch. »Vielleicht treffen wir uns mal, um über alles zu reden?«, fragte sie mitfühlend.

Ihre Frage rüttelte mich aus meiner Schockstarre.

Was war das für eine bekloppte Idee? Ich setzte mich doch nicht mit der Geliebten meines Freundes – nein, Korrektur: Exfreundes – an einen Tisch und hielt Smalltalk. Masochistisch veranlagt war ich nämlich nicht.

»Das lassen wir lieber.«

»Okay, wie du meinst.«

»Paul zahlt dir jeden Monat Unterhalt, nicht wahr?«

»Das ist richtig«, sagte sie mit gedämpfter Stimme. »Ich habe bis vor einem halben Jahr nichts von dir gewusst.«

»Soll mich das etwa trösten?«

Mir wurde übel. Die Gewissheit, dass Paul mich schon so lange hinterging, versetzte meinen Glauben an das Vertrauen zwischen zwei Menschen in eine Art Totenstarre. Was quälte mich mehr? Pauls Betrug oder Lukes Schweigen? Offenbar beides.

»Am besten beenden wir das Gespräch.«

»Ja, das ist wohl besser«, sagte Jennifer. »Ami, das alles tut mir wirklich leid. Ich …«

Ich drückte sie weg und schob das Telefon von mir, als wäre es ein mördermäßiges Monster. Jedes weitere Wort von Jennifer hätte mich tiefer in den Abgrund gerissen.

»Kaffee schon fertig?«

Lukes vergnügte Stimme ließ mich erschrocken zur Seite treten.

Er stand neben mir und sah mich besorgt an.

»Was ist los? Du siehst blass aus.« Er streckte den Arm nach mir aus.

Ich trat einen weiteren Schritt zur Seite und schob das Smartphone in seine Richtung. Luke trat an den Tresen.

»Ähm. Was soll ich damit?« Unsicher lächelte er.

»Stell dir vor, Luke, da klingelt Pauls bescheuertes Smartphone, und am anderen Ende ist eine Frau.«

Sein Lächeln gefror. Angriffslustig verschränkte ich die Arme vor der Brust. »Jennifer Dryer. Der Name sagt dir bestimmt etwas.«

Luke wurde um eine Nuance blasser.

»Woher hast du gewusst, wer J. D. ist?«

Er senkte den Blick. »Joe hat Nachforschungen angestellt«, erklärte er leise.

»Und wann wolltest du mir davon berichten? Gar nicht?«

Er sah auf. »Du hast gesagt, dass …«

»Scheiß drauf, was ich gesagt habe!« Der Schmerz brach aus mir heraus. »Wann wolltest du es mir sagen?«

»Hör zu, Ami …« Mit flehendem Blick hob Luke die Hände.

»Die dreitausend Pfund sind Unterhaltszahlungen«, fiel ich ihm ins Wort. »Paul zahlt für sein Kind.« Meine Hände zitterten so sehr, dass ich sie an meine Oberschenkel pressen musste. »Das wolltest du mir wahrscheinlich auch nicht erzählen.«

»Tut mir leid, ich hätte es dir sofort sagen sollen.«

Wütend stieß ich gegen seinen nackten Oberkörper. »Ach ja? Da gebe ich dir ausnahmsweise recht. Anstatt mich über all die Machenschaften deines Bruders aufzuklären, lässt du mich lieber blöde dastehen? Und ich wundere mich die ganze Zeit, wieso mich Paul wie Scheiße behandelt. Was gibt es denn noch, das ich nicht weiß?«

Resigniert seufzte Luke, wobei er den Blick zu Boden senkte. »Die monatlichen Zahlungen der einhunderttausend Pfund kommen von einer russischen Organisation.«

»Russische Organisation? Was hat Paul damit zu schaffen?«

»Das weiß ich noch nicht.« Luke sah auf, erweckte den Eindruck eines geprügelten Hundes. »Bitte Ami, es tut mir leid.«

»Du bist nicht besser als Paul. Wundert mich überhaupt nicht, dass ihr beide in die gleiche verlogene Kerbe haut, ihr seid ja von einem Schlag. Aber ich bin selbst schuld. Ich wusste doch, was für einen miesen Charakter du hast.« Das war fies und ungerecht von mir, doch was ich fühlte, war mit Worten nicht zu beschreiben.

Luke zuckte, als ob ich ihn geschlagen hätte. »Respekt. Der hat gesessen.«

»Was soll ich dir denn jetzt noch glauben?«

»Ich liebe dich. Das ist die Wahrheit.«

»Na klar sagst du mir jetzt, dass du mich liebst, du musst schließlich dein Gewissen beruhigen.« Mein Satz war völlig irrsinnig, aber war das ein Wunder? Ich wollte Luke in dem Augenblick verletzen.

»Ich liebe dich wirklich, Ami.«

Für einen Moment sahen wir uns an. Ich begriff nicht, was in mir vorging. Eigentlich sollte mein Herz vor Freude jubilieren, denn ich liebte Luke ebenso, doch in mir pochte nur die schmerzliche Erkenntnis, am Ende meiner Kräfte zu sein. Die letzten Tage forderten nun ihren Tribut.

Mein Kopf fühlte sich seltsam leer an. Was sollte denn noch ans Tageslicht kommen? Welche Wahrheit offenbarte sich als

Nächstes? Ich benötigte Zeit für mich allein, um meine Gedanken zu ordnen. Zeit, um zu begreifen, was um mich herum tatsächlich geschah. Zeit, um die aufgerissenen Wunden heilen zu lassen.

Ich schüttelte den Kopf. »Ich kann das so nicht mehr.« Ich drehte mich um und ging auf die Treppe zu.

»Was hast du vor?« Luke eilte mir hinterher.

»Ich gehe«, sagte ich über die Schulter hinweg. »Das hätte ich schon längst tun sollen.«

Im Schlafzimmer riss ich den Kleiderschrank auf und zog meine Reisetasche hervor.

»Du gehst nirgendwo hin.« Luke griff nach der Tasche und warf sie in den Kleiderschrank zurück.

»Sag mal, spinnst du?« Ich schob mich an ihm vorbei.

Luke umfasste meine Oberarme und drehte mich zu sich herum. Sein Gesicht war meinem viel zu nah.

»Ich möchte nicht, dass du gehst«, flüsterte er. »Bleib bei mir, Ami … bitte.«

»Momentan fehlt es mir an Vertrauen zu dir«, wisperte ich, während ich wie gebannt in seine wunderschönen grauen Augen sah.

Dass ich vor einer halben Stunde noch die glücklichste Frau auf Erden gewesen war, ignorierte ich.

»Du hast mir über Paul nicht die Wahrheit gesagt. Ich bin zutiefst verletzt, furchtbar müde und will einfach nur meine Ruhe haben.«

»Ich wollte dich schützen. Ich habe gedacht, du würdest die volle Wahrheit nicht verkraften. Du hast genug durchgemacht.«

»Was ich verkrafte und was nicht, musst du schon mir überlassen, Luke Adams. Ich bin ein großes Mädchen, weißt du?« Ich riss mich von ihm los. »Und jetzt lass mich meine Klamotten packen. Ich habe hier nichts mehr verloren.« Ich spürte erst, dass mir Tränen die Wangen hinunterliefen, als sie auf den Stoff der Tasche fielen. Fahrig wischte ich über meine Wangen.

»Offenbar habe ich mich geirrt«, sagte Luke leise.

»Worin?«

»Ich hätte mich nicht einfach so in dein Leben einmischen sollen. Tut mir leid, falls ich mich zu weit aus dem Fenster gelehnt habe. Ich wollte nur helfen.«

Ob das tatsächlich so war, spielte keine Rolle. Ich musste raus aus diesem Haus. Weg von Paul, weg von Luke, weg von der Vergangenheit und dem Schmerz, den mir beide Männer zugefügt hatten. Momentan glaubte ich den Adams' nichts mehr.

»Bitte geh nicht, Ami«, wisperte Luke, während ich meine Sachen in die Tasche stopfte.

Trotzig wischte ich ein weiteres Mal über meine Wangen. »Ich brauche Zeit für mich.« Ich ergriff die Tasche und wollte mich an ihm vorbeidrängen.

Luke versperrte mir den Weg. »Sagst du mir wenigstens, wohin du gehst?« Seine Frage klang flehentlich und dämpfte die wütende Furie in mir.

»Zu Sabrina.«

»Okay, ich verstehe, dass ich dich enttäuscht habe, aber …«

»Nichts aber.«

»Vielleicht reagierst du zu überspitzt?«

»Überspitzt? Der Fairnesshalber hättest du mich über Paul aufklären müssen. Nicht weil wir Sex miteinander hatten, sondern weil uns offenbar mehr verbindet.«

Schweigend sah er mich an.

»Ich sitze in diesem bescheuerten Haus, mache mir Gedanken, wieso Paul so furchtbar zu mir ist, dabei hat der Mistkerl seit Jahren eine andere Frau und verdient sich mit windigen Geschäften eine goldene Nase. Korrigiere mich, Luke, wenn ich falschliege, aber das zeugt nicht gerade von Ehrlichkeit. Meine Reaktion ist nicht überspitzt, sondern nachvollziehbar für jene, die ein Herz in ihrer Brust tragen.«

»Entschuldige, so habe ich das nicht gemeint. Ich finde nicht immer die richtigen Worte.«

»So bist du eben«, sagte ich und schob mich an ihm vorbei.

Obwohl in meiner Brust ein entsetzlicher Schmerz tobte, war es klüger, die Reißleine zu ziehen, bevor mich beide Adams-Brüder komplett ausbrannten. Nachdem ich in meine Schuhe geschlüpft war, rief ich Sabrina an. Sie würde für mich da sein und mir zuhören.

Kapitel 20

Fassungslos blieb ich zurück.

Ami geht.

Nie hatte ich mich hilfloser gefühlt.

Einfach so.

Sie sah nicht einmal zurück.

Ihre Schritte verhallten. Wenig später hörte ich ihr Auto losfahren. In meinem Innersten wütete ein Sturm von Gefühlen. Ich weigerte mich strikt, daran zu denken, dass es Verlustängste sein könnten. Ami war gegangen und sie … *sie fehlt mir jetzt schon.*

Natürlich hätte ich die Angelegenheit meines Bruders anders anpacken können, meine Sorge um Ami wäre dadurch aber nicht geringer gewesen. Möglicherweise hatte sie auch recht, und in mir weilte ein mieser Charakter? Verstand sie nicht, dass ich nicht wollte, dass sie verletzt wurde?

Was habe ich denn erwartet? Mein Schweigen hat alles schlimmer gemacht.

Ich ging die Treppe hinunter. Seltsamerweise schien Ami immer noch in diesem Raum zu sein. Mein Blick schweifte in den Flur. Ich wünschte, sie käme zurück.

»Trottel! Sie kommt nicht zurück. Du hast es versemmelt.«

Ich ging in meine vier Wände zurück und warf die Verbindungstür mit Wucht zu. Im Schlafzimmer legte ich mich auf das zerwühlte Bett. In diesem Raum war Amis Präsenz allgegenwärtig. Verdammt, die Bettwäsche roch nach ihr. Das trieb mich in den Wahnsinn. Die Erinnerung, wie sie in meinen Armen gelegen hatte, raubte mir den letzten Nerv. Ich stand auf und griff nach meinem Smartphone. Joe nahm nach dem zweiten Klingeln ab.

»Hey, alter Freund.«

»Hi, Joe, hast du Zeit? Dann komme ich auf unser Begrüßungsbier vorbei.«

»Mittags? Was ist los mit dir?«

»Ich erklär's dir, wenn ich da bin.«

»Für dich steht meine Tür immer offen.«

»Danke. In einer halben Stunde bin ich da.«

* * *

Sabrinas mitleidiger Gesichtsausdruck, als ich ihr von Pauls Machenschaften berichtete, trieb mich fast an den Rand der Verzweiflung. Ich war nicht zu ihr gekommen, um bemitleidet zu werden, sondern um mich auszusprechen – meinen Schmerz in Worte zu fassen.

»Der Mistkerl hat sich immer noch nicht gemeldet?«, fragte sie. »Das hätte ich nie von Paul gedacht.«

Wenn ich ehrlich war, war das Hauptproblem nicht Paul, sondern Luke.

Nachdem ich mir den Kummer von der Seele geredet hatte, war mir eine Sache klargeworden: Paul war zwar ein Schwein, dem ich am liebsten sämtliche Haare einzeln ausreißen wollte, als Mensch war er mir jedoch völlig egal geworden. Meinetwegen durfte er sich in der Karibik volllaufen lassen und sich dann im Ozean ertränken.

Luke war der wichtigste Bestandteil in meinem Leben. Seine Heimlichtuerei tat mehr weh. Es fühlte sich wie Verrat an.

»Ich bin fertig mit Paul. Das eigentliche Problem ist ein ganz anderes.«

Sabrina zog die Stirn kraus. »Und das wäre?«

»Luke.«

Sabrina grinste verheißungsvoll. »Wo liegt da das Problem, Luke ist ein verdammt heißer Typ«, sinnierte sie.

»Darum geht es nicht. Luke war nicht ehrlich zu mir. Er hat mir nicht die Wahrheit über Paul gesagt.«

»Hättest du anders reagiert, wenn Luke es dir sofort gesagt hätte? Ihm überhaupt geglaubt?«

»Ich weiß nicht. Vielleicht hätte ich hinterfragt.«

»Der Schmerz und die Enttäuschung wären gleichgeblieben«, bemerkte Sabrina.

»Mag sein.«

»Ami, was ist hier eigentlich der Kern der Sache, hm?«

»Luke und ich haben miteinander geschlafen.«

»O«, entwich es Sabrina leise. »Du lässt ja nichts anbrennen. Was ist so tragisch daran? Paul hat es nicht anders verdient.«

»Luke wird irgendwann nach Afghanistan zurückgehen. Ich habe gehört, wie er gesagt hat, dass er für ein ziviles Leben nicht geschaffen ist. Seine Familie ist das Militär. Trotzdem spüre ich, dass er gern bei mir bleiben möchte, sich aber nicht traut, über seinen Schatten zu springen.«

»Schätzchen, du wirst es doch wohl noch schaffen, ihn an dich binden zu können? Du besitzt so viel Charme. Lass mich mal anders fragen: Hast du das gehört, bevor oder nachdem du mit ihm geschlafen hast?«

»Beides.«

Verwirrt schüttelte Sabrina den Kopf. »Wie meinst du das?«

»An dem Morgen, an dem Paul diesen Unfall gehabt haben soll … na ja, hatten wir das erste Mal …«

»Sex miteinander«, beendete sie den Satz.

Ich nickte.

Sabrina schnalzte mit der Zunge. »O là là. Und wie war's?« Ihr anzügliches Grinsen entlockte mir ein Lächeln.

»Schön war es. Vertraut, erregend, unanständig und verboten. Danach bekam ich ein schlechtes Gewissen gegenüber Paul. Jetzt sind jedoch Gefühle im Spiel. Mir ist bewusstgeworden, dass ich nie aufgehört habe, Luke zu lieben.«

»Was fühlt Luke?«

»Er hat gesagt, dass er mich liebt.«

Sabrina lächelte. »Dann ist doch alles paletti.«

»Eben nicht.«

»Hä? Wieso nicht?« Verständnislos schüttelte sie den Kopf. »Du verwirrst mich immer mehr.«

Ich verstand mich ja selbst nicht. »Da ist auch Angst, dass er mich erneut sitzenlässt. Du weißt, wie sprunghaft Luke sein kann. Eines Tages bekommt er Panik und haut wieder ab. Ballast abladen, so wie damals. Nenn es schlechte Erfahrung oder auch Hirngespinst, aber die Enttäuschung will ich nicht noch einmal erleben. Noch kann ich von dem fahrenden Zug abspringen. Ich habe gelernt, auch ohne Luke zu leben. Er darf nicht der Mittelpunkt meiner Welt werden.«

Sabrina verdrehte die Augen. »Entschuldige, Ami, ich blicke nicht ganz durch. Du liebst Luke, und er liebt dich. Du hast aber Angst, dass er zur Armee zurückgeht. Warum fragst du ihn nicht direkt, wie seine nächsten Schritte aussehen? Paul ist dir egal, zerbrich dir also nicht weiter den Kopf über ihn oder wieso Luke nichts erzählt hat. Mensch, krall dir den heißen Typen und vergiss Paul.«

Von ihrer pragmatischen Ader fehlte mir eine ganze Menge. »Paul und ich waren noch zusammen, während er mit einer anderen Frau … Das macht mich wütend.«

»Sagt die, die mit dem Bruder ihres Freundes geschlafen hat. Paul ist bis jetzt ebenso völlig ahnungslos.«

»Im Gegensatz zu mir hat er mich schon lange nicht mehr geliebt.«

»Um Ausreden bist du nie verlegen.«

Womöglich hatte Sabrina sogar recht.

Ich suchte nur eine nachträgliche Entschuldigung, um mein Gewissen rein zu waschen. Wieso tat ich mir diesen Stress überhaupt an? Paul war Geschichte. Die Wahrheit sah ganz anders aus.

»Ich weiß nicht, was ich tun soll«, gestand ich. »Was richtig oder falsch ist. Einerseits vermisse ich Luke, andererseits brauche ich Abstand. Eine Pause von allem.«

»Du kannst natürlich so lange bleiben, wie du möchtest.«

»Ich möchte dir nicht zur Last fallen.«

Sabrina winkte ab. »Ach Quatsch, du bleibst, solange du möchtest.«

Mir traten Tränen in die Augen. »Danke, Sab.«

Sie umarmte mich. »Für dich immer, meine liebste Freundin.«

* * *

Das Bier schmeckte mittlerweile warm, da ich die Dose bestimmt seit einer halben Stunde in meiner Hand hielt, ohne zu trinken. Joe saß mir gegenüber und betrachtete mich nachdenklich.

Unser Wiedersehen war herzlich ausgefallen. Auch wenn er nicht mehr bei der *Black Watch* war, verband uns noch eine ganze Menge – wir waren Freunde fürs Leben.

Einst hatten wir uns gegenseitig das Leben gerettet: Während ich nur noch eine Niere besaß, hatte er seinen Unterschenkel opfern müssen, um zu überleben. Seinen Kopf trug er kahlrasiert, offenbar fühlte er sich ohne Haare wohler.

Sein Wohnzimmer glich einem Hightechlabor. Es gab nichts, was das Schlitzohr nicht analysieren, bewerten oder herausfinden konnte. Über die drei großen Monitore flimmerten Zahlencodes. Ich hatte von dem ganzen Computerkram absolut keine Ahnung.

Joe verlagerte sein Gewicht und entfernte die Unterschenkelprothese. Mit einem Schnauben stellte er sie neben den Computertisch.

»Du bist schweigsam geworden«, durchbrach er die Stille. »So kenne ich dich überhaupt nicht. Du kommst hier rein, wir plaudern über den neuesten Militärtratsch, und plötzlich verfällst du in brütendes Schweigen. Was ist los?«

In der Vergangenheit hatten wir selten über Privates gesprochen. Das Thema schien eher tabu gewesen zu sein. Im Kampfeinsatz sprach niemand über die Familie, man wollte nur überleben und dachte lediglich im Stillen an sie.

Ich blickte auf die Dose in meiner Hand. »Ehrlich gesagt weiß ich nicht, ob ich nach Afghanistan zurückgehe«, gestand ich.

»Das überrascht mich. Das Militär bedeutet dir eine Menge. Du hast viel erreicht bei der *Black Watch*. Was ist passiert?«

Ami ist mir passiert …

»Ich bin zweiunddreißig Jahre und habe in der zivilen Welt nichts erreicht. Keine Frau, keine Kinder, nicht mal eine Familie, die für mich da ist. Meine Eltern sind tot, mein Bruder verschwunden … Hey, ich öffne jeden Morgen die Augen und nichts liegt neben mir – außer meine Knarre oder meine Männer.«

Die Ironie verfehlte ihre Wirkung, denn Joe hob fragend die Augenbrauen. »Vor ein paar Tagen hast du noch gesagt, dass du für ein ziviles Leben nicht geschaffen bist.«

»Da war ich mir auch noch nicht über die Gefühle zu einer Frau sicher.«

Joe lächelte. »Ah, die Liebe also.«

»Meine Exfreundin Ami. Scheinbar haben wir beide noch nicht miteinander abgeschlossen. Was eigentlich auch kein Wunder ist. Ich bin vor acht Jahren Knall auf Fall zur Armee gegangen und habe sie sitzengelassen. Ich wollte mein altes Leben hinter mir lassen, weil ich es zu Hause nicht mehr ausgehalten hab. Mein Vater hat mich gehasst, seit ich denken kann, während meinem Bruder all das zuteilwurde, was auch mir zugestanden hätte: dass mein Vater einmal in seinem Leben stolz auf mich ist.«

Joe sah mich nachdenklich an. »Das kommt mir bekannt vor. Meine Kindheit war nicht anders. Noch heute will ich keinen Kontakt zu meiner Familie. Wie immer unser Leben jedoch aussieht, Luke, wir sollten Fehler niemals zweimal begehen.«

»Vielleicht wäre es klüger gewesen, nicht zurückzukommen. Das Erbe meines Vaters hätte ich ablehnen können. Nichts, was mit meiner Familie zusammenhängt, hat mir je Gutes gebracht. Mein Bruder hat sich sogar meine Exfreundin gekrallt. Zuerst tangierte mich das nicht. Je reichlicher ich aber darüber nachdachte, umso mehr störte es mich. Na ja, und heute habe ich den Vogel abgeschossen. Ami hat alles herausgefunden.«

»Was meinst du mit ›alles herausgefunden‹? Hast du sie etwa nicht über deinen Bruder aufgeklärt?«

»Ich wollte den passenden Zeitpunkt abwarten. Ami ist so verletzlich, die letzten Tage hat sie genug wegen Paul durchgemacht. Mir ging es nur um ihren Schutz.«

»Mensch Luke, wenn ich dir eins über Frauen sagen kann, dann das, dass du sie niemals im Ungewissen lassen darfst. Sie reißen dich in Stücke, falls sie das Geheimnis herausfinden. Man merkt, dass du in den letzten Jahren nichts für eine ernste Beziehung übrighattest.«

Ich lächelte. »Na ja, die Frauen waren für ein paar vergnügliche Stunden nur angenehme Bettwärmer.«

»Mal was anderes: Schon mal daran gedacht, dass dein Bruder den Unfall geplant haben könnte?«

»Was sollte daran geplant gewesen sein?«

»Die Fakten sprechen dafür. Ich habe nämlich noch einiges herausgefunden.«

Joes ernster Tonfall weckte meine Neugier. »Ich höre.«

»Sergei Romanow und dein Bruder waren gute Freunde. Sie haben sich vor drei Jahren auf einer Messe kennengelernt …«

»Moment mal, Jennifer Dryer hat er auch auf einer Messe kennengelernt«, bemerkte ich dazwischen.

Joe grinste. »Merkst du was? Das war sogar ein und dieselbe Messe.«

»Paul ist aber erst seit zweieinhalb Jahren bei dieser Organisation. Das ist aus den Kontoauszügen zu ersehen. Wieso trifft er erst nach drei Jahren auf Sergei?«

»Und seine Miss Dryer«, fügte Joe hinzu. »Mag sein, dass Sergei deinem Bruder erst nach einem halben Jahr diesen Job angeboten hat.«

Ich sah Joe an, der ein linkisches Funkeln in seinen Augen trug. »Das kann Zufall sein«, sagte ich. »Viel mehr interessiert mich, warum Sergei für meinen Bruder über die Klinge sprang.«

»Ich glaube nicht an Zufälle«, sagte Joe bestimmt.

»Aber ich. Warum sollte mein Bruder solch einen Plan austüfteln? Paul ist kein Stratege, er ist ein Feigling.«

»Der Unfall war vorsätzlich. Könnte es nicht sein, dass dein Bruder die Bremsen selbst manipuliert hat?«

Wäre Paul das tatsächlich zuzutrauen? Das ließ mich nachdenklich zurück. Feigling hin oder her, ich konnte nicht abschätzen, ob mein Bruder zu einem Mord fähig war.

»Doch wie kommt Sergei auf den Fahrersitz, an Pauls Ausweise und an sein Handy? Ich kann mir nicht vorstellen, dass der Typ sich freiwillig ans Steuer setzt, wohl wissend, dass er beim nächsten Bremsmanöver ins Leere tritt.« Ich schüttelte den Kopf. »Die Logik weist zu viele Löcher auf. Da steckt was anderes dahinter. Da fällt mir übrigens ein: Ich habe noch eine Kleinigkeit für dich.« Aus der hinteren Jeanstasche zog ich die Schriftstücke, die Ami bekommen hatte. »Du könntest mal nachforschen, wer genau hinter dieser Nachlassverwaltung steckt.« Ich reichte ihm die Papiere.

Joe überflog die Zeilen.

»Auf den ersten Blick sehen Vollmacht und Vertrag in Ordnung aus. Aber ich wäre nicht Mister Joe Dion, wenn ich da nicht doch etwas finde.« Er grinste und drehte sich auf seinem Bürostuhl zum Computertisch herum.

Seine Finger flogen förmlich über die Tasten, als würde er sie gar nicht berühren. Das schnelle, leise Klackern hatte eine beruhigende Wirkung auf mich. Ich trank von dem warmen Bier; es schüttelte mich innerlich. Angewidert stellte ich die Dose auf den Tisch.

Nach wenigen Minuten kam ein »Interessant« von Joe.

»Was?«

»Ich dachte, die Nachlassverwaltung würde mit der russischen Organisation zusammenhängen. Tut sie aber nicht. Sie ist sauber, Luke, obwohl ich gern illegale Aktivitäten für dich gefunden hätte«, feixte er.

»Wenigstens eine Sache, die mir kein Kopfzerbrechen mehr macht.« Müde fuhr ich über mein Gesicht.

Mein Tag war gelaufen, dabei hatte er so schön mit meiner Traumfrau begonnen. Ob ich Ami für immer verloren hatte, würde die Zeit zeigen.

Kapitel 21

In der Nacht schlief ich unruhig.

Des Öfteren erwachte ich, um mich auf die andere Seite zu wälzen. Trotz all des Ärgers fehlte mir Luke entsetzlich. Es ging mir nicht um Sex, sondern um seine Nähe. In seinen Armen zu liegen, seine Wärme zu spüren hatte mir so viel gegeben, viel mehr, als ich geahnt hatte.

Ich knüllte das Kissen zusammen und versuchte, auf den Bauch liegend Schlaf zu finden. Die Nacht würde noch sehr lang werden, falls ich Luke nicht aus meinem Kopf bekam.

Irgendwann gab ich auf, die Patentlösung bei einer Mütze Schlaf zu suchen. Ich knipste die Nachttischlampe an und ging ins angrenzende Bad, um Wasser zu trinken.

Als ich wenig später zurück ins Schlafzimmer trat, stoppte ich. Verwirrt blinzelte ich. Das Fenster war geöffnet, die Gardine bewegte sich leicht im Wind. Erneut blinzelte ich, um das Bild zu vertreiben.

Ich träume.

Paul saß auf dem Bett und betrachtete mich mit ernster Miene. Der matte Schein der Lampe tauchte seine Gestalt in Schatten. Der Anblick brachte mich nicht mal aus der Ruhe.

Ich klammerte mich an der Vorstellung fest, dass dies nur ein Traum war.

Ich kniff in meinen Arm. Der Schmerz war real. Aus meinem Mund drang ein undefinierbarer Laut. Fassungslos starrte ich ihn an, zu mehr war ich nicht fähig. Er sah gepflegt aus. Sogar seine Kleidung wirkte adrett.

Die wahnwitzige Theorie, dass er womöglich irgendwo in einem dunklen Keller verdurstete, musste ich wohl revidieren. Mein rationaler Verstand nahm endlich seine Arbeit auf.

Paul!

Paul saß tatsächlich auf meinem Bett. Warum trug er Handschuhe?

»Wie bist du in Sabrinas Wohnung gekommen?«, war der erste Satz, der mir in den Sinn kam.

»Hör zu, Ami, du schwebst in großer Gefahr. Ich kann alles erklären.«

Großer Gefahr? War das ein übler Scherz? Ein weiteres verlogenes Spiel, um mich vollends in den Wahnsinn zu treiben? War es nicht, falls ich seinen Gesichtsausdruck richtig deutete. Ich hatte Pauls Lügen satt, war ich es nicht wert, die volle Wahrheit zu erfahren?

Laut stieß ich den Atem aus. »Ich frage noch mal: Wie bist du in Sabrinas Wohnung gekommen? Und woher weißt du, wo ich bin? Hat Luke dir Bescheid gesagt?«

»Ich weiß, wo Sabrina den Ersatzschlüssel aufbewahrt.« Dass er ein Eindringling war, schien ihn nicht zu interessieren. »Ich habe dich beobachtet, als du mit der Tasche aus dem Haus gegangen bist und bin dir gefolgt.« Paul streckte mir auf einmal seine Hand entgegen. »Bitte Ami, ich erkläre dir alles Weitere, aber wir müssen hier weg.«

Wut schoss heiß durch meine Venen.

»Ach ja?«, zischte ich sauer. »Was willst du mir erklären? Dass du mich seit Jahren belogen und betrogen hast? Dass du vor zwei Jahren eine andere Frau geschwängert hast? Sie auch immer noch triffst? Jetzt wird mir auch klar, warum du so ausgeflippt bist, als ich dich auf eine andere Frau ansprach.«

»Es ist nicht so, wie du denkst.«

»Was denke ich denn? Seit wann bist du unter die Hellseher

gegangen? Fakt ist, dass du mich nicht geliebt hast. Außerdem gehe ich nirgendwo mit dir hin.«

Paul stand auf und kam langsam auf mich zu. »Ich habe dich geliebt, Ami … Ich liebe dich noch immer.«

Ich schüttelte den Kopf, glaubte ihm kein Wort. Die Adams-Brüder waren nicht ehrlich. Mein Frust steigerte sich mehr und mehr.

»Sprich nicht von Liebe, du Mistkerl«, zischte ich sauer.

Er vollführte eine Geste, als wollte er ein Kleinkind beruhigen. »Okay, bleib ruhig. Falls dir dein Leben lieb ist, musst du mit mir kommen.«

»*Falls mir mein Leben lieb ist*?« Die Wut ließ meinen Körper vibrieren. Was glaubten die Adams' eigentlich, wie sie mit mir umspringen konnten? »Sag mal, geht's noch? Verdammt noch mal, Paul. Was hast du getan? Du bist mir etliche Antworten schuldig.«

»Das weiß ich, und ich beantworte deine Fragen.«

»Du besitzt ein Vermögen von fast zwei Millionen Pfund. Nicht zu vergessen, dein geheimes Bankkonto, von dem die vertrauensselige Ami nichts wusste. Du hast mich nicht nur seelisch an den Abgrund getrieben, sondern auch finanziell, als du dein Privatkonto geplündert hast.«

»Versteh doch, ich musste vorsorgen.« Schuldbewusst senkte Paul den Blick. »Ich habe mich auf ein windiges Geschäft mit einer russischen Organisation eingelassen.«

»Wie meinst du das?«

»Ich habe ihre Versicherungen abgeschlossen, Versicherungsscheine manipuliert, Geldbeträge ausgezahlt, die nicht ausgezahlt werden durften. Ich habe den Dreck weggekehrt, den sie gemacht haben. Meine Arbeit war nicht legal.« Entsetzen zeichnete plötzlich sein Gesicht. »Ich habe großen Mist gebaut, Ami, ich schulde denen sehr viel Geld, und nun sind sie hinter mir her. Da ich abgetaucht bin, wird ihr nächster Schritt folgender sein: dich aufsuchen.«

Mir war danach, ihm eine runterzuhauen. Auch jetzt schreckte er vor einer Lüge nicht zurück. Das sagte er nur, damit ich ängstlich in seine Arme fiel und alles vergeben und vergessen war. Aber das konnte er sich abschminken.

»Was habe ich mit deinen Geschäften zu tun? Ich besitze kein Vermögen. Von mir können die nichts holen.«

»Es wird denen auch nicht um Geld gehen, Ami. Du hast das immer noch nicht verstanden. Du wirst als Druckmittel fungieren, damit ich mich ihnen stelle.«

»Du hast doch genug Geld, gib es denen einfach zurück.«

Paul schüttelte den Kopf. »So einfach ist das nicht.«

Meine Geduld neigte sich langsam, aber sicher dem Ende entgegen. »Was soll daran nicht einfach sein? Du plünderst dein Ami-darf-das-nicht-wissen-Konto, lässt dich von deinem Nachlassanwalt auszahlen und gibst ihnen das Geld.«

»Das sind mehr als die zwei Millionen«, warf Paul dazwischen.

»Dann melde dich bei der Polizei, die suchen dich nämlich schon.«

»Die sind ebenfalls involviert«, bemerkte er leise. »Die werden nichts gegen die Organisation tun.«

Ein Lachen kitzelte meine Kehle. Ich kam mir vor wie in einem schlechten Krimi. »Die gesamte Polizei? Echt jetzt, Paul? Willst du mich verarschen?«

»Das habe ich nicht gemeint. Das Netz ist fein gewebt. Es gibt Hintermänner, die gekauft sind. Ich habe genug mitbekommen, wenn es um die Geschäfte geht. Die Russen bringen gute Argumente vor, um für sie zu arbeiten.«

Bei Paul war es mit ziemlicher Sicherheit das Geld gewesen. Dieser Verlockung hatte er nicht widerstehen können. *Geldgieriger Bastard.*

»Was meinst du, warum die zuständigen Polizisten ihre Ärsche nicht hochkriegen, um hinter die Kulissen zu schauen? «, zog er mich in die Unterhaltung zurück. »Findest du nicht, dass ihre Ermittlungen eher schleppend verlaufen?«

Gewundert hatte ich mich bereits darüber.

Nur durch Luke hatte ich die wirklich wichtigen Fakten erfahren. Die Ironie daran war, dass ich nun zwar schlauer, aber nicht erleichtert war.

»Wer war der Mann in deinem Auto? Der Mann, der offensichtlich für dich sein Leben gelassen hat.«

Paul sah in eine andere Richtung, schien abzuwägen, was er mir darüber mitteilen konnte.

»Sergei und ich waren gute Freunde. Leider lassen die Russen ihre ›Mitarbeiter‹ ungern gehen, vor allem, wenn die ihnen Geld schulden. Sergei wollte mir helfen, unterzutauchen. Wir hatten den Ablauf bis ins kleinste Detail geplant. Sogar einen geheimen Unterschlupf hat er für mich gefunden und andere Ausweispapiere besorgt. Dass wir uns äußerlich in vielen Dingen ähnelten, war ein weiterer Pluspunkt für uns. Der Plan war so vorgesehen: Während ich mit dem Zug in Richtung Norden fahre, sollte Sergei meinen Part übernehmen. Wir tauschten die Kleidung und die Ausweise, um den Schein zu wahren, dass ich nach wie vor meinem gewohnten Tagesablauf nachging. Ich wusste, dass die Russen mich seit einiger Zeit im Visier hatten und es nur eine Frage der Zeit war, bis ihnen meine Ausreden zum Hals heraushängen würden. Sergei wollte den Aston Martin vor dem Gebäude meines ersten Kundentermins parken und sich dann aus dem Staub machen. Niemandem wäre aufgefallen, dass nicht ich den Wagen dort geparkt hätte. Ich wäre einfach nicht mehr auffindbar gewesen.« Paul sah zu Boden. In seinem Gesicht las ich Trauer. »Leider hatten die Russen zu schnell die Nase voll von mir. Wie hätte ich ahnen können, dass sie mich da schon tot sehen wollten?« Er sah mich an. »Verstehst du nun, wieso du mit mir kommen musst?«

Ich schüttelte den Kopf. Nach wie vor war ich der Meinung, dass ich nichts damit zu tun hatte. Paul sollte mich in Ruhe lassen. Ich wollte mein Leben ohne ihn leben.

»Sergei war der Enkel des Oberbosses«, fuhr er fort. »Sie wissen bereits, dass ich nicht tot bin und suchen weiterhin nach mir. Sie werden mir die Schuld an Sergeis Tod geben, obwohl sie es waren, die meinen Wagen manipuliert haben.«

Ich seufzte resigniert, hatte es satt, seiner Geschichte zu lauschen.

»Du hast mich jahrelang betrogen und belogen, Paul«, sagte ich leise. »Ich gehe mit *dir* nirgendwo hin. Mir ist es schnuppe, wer nach dir sucht. Du hast dir die Suppe selbst eingebrockt, löffle sie allein wieder aus. Ich habe Stunden der Hölle hinter mir. Das hat dich nicht interessiert. Eine Nachricht oder ein kurzer Anruf hätten gereicht.«

»Ich durfte dieses Risiko nicht eingehen. Das musst du verstehen.«

»Toller Schachzug, Paul. Dafür gehst du jetzt das Risiko ein und ziehst nicht nur mich, sondern auch noch Sabrina in deinen Mist hinein. Geh zu Jennifer und eurem Sohn zurück und lass mich in Ruhe.«

»Für die ist gesorgt. Zum Glück wissen die Russen nichts von den beiden. Nur Sergei wusste davon.«

Sein Geständnis versetzte mir einen unerwarteten Stich. Sollte ich mich etwa geschmeichelt fühlen, dass er mich seiner Geliebten vorzog? Wieso versaute er nicht ihr Leben, indem er sie darum bat, mit ihm zu verschwinden? Oder hatte sie ihm bereits in der Sache einen Korb gegeben, und ich war nun die zweite Wahl?

Ich winkte ab, hatte genug gehört. »Wir sind fertig miteinander.«

Paul trat einige Schritte auf mich zu. »Ich bin aber noch nicht mit uns fertig. Ich weiß, dass ich Mist gebaut habe, Ami, und es tut mir leid.«

»Dein ›tut mir leid‹ kannst du dir sparen.«

»Glaub mir, ich wollte dich nicht betrügen.«

Ich lachte. Falls ich damit Sabrina aus dem Schlaf riss, durfte sie sich gern an dieser Diskussionsrunde beteiligen.

»Jetzt denkst du noch einmal scharf über deinen Satz nach, und du wirst merken, wie hohl der klingt. Damit du es endlich weißt: Ich habe mit Luke geschlafen. Da scheint nach wie vor etwas zwischen ihm und mir zu sein.«

»Das war vorauszusehen«, murmelte Paul.

Ich glaubte, mich verhört zu haben. »Wie bitte?«

»Das nennt man wohl ausgleichende Gerechtigkeit«, fuhr er fort. »Ich bin dir nicht böse, Ami, auch wenn es mich verletzt. Luke war schon immer die bessere Partie für dich.«

Ich starrte ihn an, fasste nicht, was ich gerade gehört hatte. *Ich habe Paul die letzten sechs Jahre als den Mann fürs Leben gesehen, während er meinte, Luke wäre besser für mich?*

»Ehrlich? Ich habe sogar damit gerechnet«, fügte er leise hinzu.

»Damit gerechnet?«, wiederholte ich ungläubig.

»Ich habe euch im Schuppen gesehen. Die Funken zwischen euch flogen nur so dahin. Zuerst tat der Anblick weh, aber dann habe ich mir gesagt, dass ich es nicht anders verdiene. Seien wir ehrlich, Ami, als Luke dich sitzen gelassen hat, ist eine Welt für dich zusammengebrochen. Oft genug habe ich dich durch die Straßen ziehen sehen, als ein Schatten deiner selbst. Du hast nie viel mit mir geredet, erinnerst du dich? Dicke Freunde sind wir nie gewesen. Erst als ich dir von Luke erzählte, hast du wie ein Groupie an meinen Lippen gehangen, um Neuigkeiten zu erfahren. Ich bin mir heute nicht mal sicher, ob du um meinetwillen mit mir ausgegangen bist oder weil ich Lukes Bruder bin.«

Ich wusste, was er meinte. Mochte sein, dass es am Anfang so gewesen war. Mit der Zeit hatte mein Herz jedoch begriffen, dass man einen Luke Adams nicht zähmte. Ich hatte die Hoffnung aufgegeben, Luke wiederzusehen, bis … ja, bis vor ein paar Tagen.

»Das Schicksal scheint euch zwei wieder zusammengeführt zu haben. Aber Ami, du weißt, wie Luke ist.« Flehend blickte Paul mich an. »Eines Tages wird er wieder verschwinden.«

»Ganz recht, ich weiß, wie Luke ist, im Gegensatz zu dir. In den letzten Tagen weiß ich nämlich nicht mehr, was ich über dich denken soll, außer, dass du ein mieses Schwein bist.«

Paul trat ans Fenster und warf einen schnellen Blick hinaus. In seinem Gesicht stand ein gehetzter Ausdruck, als er mich ansah.

»Auch wenn du mich nicht mehr willst, möchte ich dich schützen. Bitte, komm mit mir. Wir haben genug Geld, um irgendwo auf der Welt ein neues Leben zu beginnen.«

»Nicht wir, *du* hast genug Geld.«

»Ich verspreche dir, ich mache alles wieder gut.«

»Spreche ich eine fremde Sprache? Ich werde nicht mit dir mitgehen, egal wohin.«

»Okay«, er trat auf mich zu, »du lässt mir keine andere Wahl.«

»Wa …?« Paul presste mir plötzlich ein Tuch auf Mund und Nase.

Ich atmete einen süßlichen Geruch ein. In seinen Augen erkannte ich Wut. Meine Beine sackten weg und ich spürte, wie Pauls Arme mich auffingen.

Kapitel 22

Nicht an Ami zu denken fiel mir verdammt schwer.

Ich widerstand auch dem Drang, bei Sabrina anzurufen, um mich nach ihr zu erkundigen. Ami brauchte Zeit für sich, die wollte ich ihr lassen – auch wenn es mir schwerfiel, ihrem Wunsch nachzukommen. Sie fehlte mir in jeder Sekunde.

Geschlafen hatte ich kaum. In der Nacht war der Platz neben mir kalt und leer gewesen. Ohne Ami war nichts mehr wie zuvor. Das war ein unerträglicher Zustand.

Ich horchte. Im Wohnzimmer vernahm ich das Klingeln des Telefons. Ich war nicht sicher, ob ich rangehen sollte – immerhin war das der Anschluss von Ami und Paul. Ich ging ins Wohnzimmer und betrachtete für einen Augenblick das Telefon in der Ladestation.

Entschlossen griff ich danach und meldete mich mit einem weniger freundlichen »Ja«.

»Luke? Bist du das?«, fragte eine aufgeregte Frauenstimme. »Hier ist Sabrina. Ami ist weg.«

Mir stellten sich die Nackenhaare auf. »Was meinst du mit ›sie ist weg‹?«

»Sie ist nicht mehr im Gästezimmer. All ihre Sachen und ihr Auto sind weg.«

»Nun mal ganz von vorn, Sabrina. Erzähl mir alles.«

Ich hörte, wie sie durchatmete. »Wir wollten zusammen frühstücken. Als sie auf mein Rufen nicht reagierte, bin ich in ihr Zimmer gegangen und fand es leer vor. Das Fenster zum Garten steht sperrangelweit offen. Ami hat all ihre Sachen mitgenommen, und sie hat mir eine seltsame SMS geschrieben. Da passt irgendwas nicht zusammen. Bitte, Luke, kannst du vorbeikommen?«

Das brauchte sie mich nicht zweimal zu fragen. »Gib mir deine Adresse. Ich komme sofort.«

Ich bezahlte den Taxifahrer und ging auf das weiße Backsteinhaus zu. Sabrinas Miene sah verweint aus, als sie die Tür öffnete.

»Ich weiß nicht, was passiert ist«, erklärte sie verzweifelt.

»Wo ist Amis Zimmer?«

Sabrina wies den Flur entlang. »Die letzte Tür links.«

Ich schob mich an ihr vorbei. Die Tür stand offen. Auf dem ersten Blick erkannte ich kein Verbrechen, keine Kampfspuren oder Gerangel. Ich gewann den Eindruck, als ob Ami gleich wiederkommen würde. Das Bett war zerwühlt, auf einer Kommode lag Amis Haarbrüste. Ich warf einen Blick in den geöffneten Kleiderschrank, er war leer. Ami war gestern ziemlich durcheinander gewesen, da war das nicht sehr wahrscheinlich, dass sie überhaupt ein Kleidungstück eingeräumt hatte.

Ich wandte mich zu Sabrina um. »Hast du schon die Polizei gerufen?«

Sie schniefte. »Nein. Ich wollte erst dich benachrichtigen. Ich bin mir nämlich nicht sicher, was ich tun soll.«

Verständnislos schüttelte ich den Kopf. »Wieso nicht?«

»Ich dachte, vielleicht kannst du schneller herausfinden, was mit Ami ist.« Sie zog ihr Smartphone hervor und wischte über das Display.

»Ich bin Soldat, kein Polizist«, erwiderte ich.

Sabrina machte ein verkniffenes Gesicht. »Vielleicht liest du das erst mal.« Ihre Hand zitterte, als sie mir das Telefon entgegenhielt. »Ich glaube nicht, dass die Polizei das als Verbrechen ansieht, wenn sie diese Zeilen lesen.«

Sabrina hielt mir eine SMS von Ami unter die Nase. Mich traf fast der Schlag. Die Buchstaben schienen vor meinen Augen zu verschwimmen.

Mach Dir keine Sorgen, Sabrina. Ich bin mit Paul gegangen.
Ich habe festgestellt, dass ich nur an seiner Seite glücklich bin.
Wir lassen unsere Vergangenheit hinter uns und bauen uns woanders ein neues Leben auf.
Ich melde mich.
Ami

»Auf meine Frage, wohin sie geht, habe ich bisher keine Antwort bekommen. Wenn ich anrufe, nimmt sie nicht ab. Ich verstehe das nicht. Ich dachte, sie wollte mit Paul Schluss machen, nachdem er sie so verarscht hat. Ich habe gedacht … ihr beide würdet in Zukunft zusammen sein.«

Das hatte ich ebenso gedacht, bevor ich mit Ami aneinandergeraten war. Jetzt war ich nicht mehr sicher, ob wir überhaupt noch eine gemeinsame Zukunft hatten.

»Ich mache mir Sorgen.« Sabrina schlug die Hände vors Gesicht und weinte leise.

Ich war nicht fähig, einen klaren Gedanken zu fassen. Die SMS konnte nur ein schlechter Scherz sein. Ich sollte wütend reagieren. Wütend über die Hoffnung, die Ami in mir geweckt hatte. Die Hoffnung auf eine zweite Chance. Die Hoffnung, nicht mehr allein zu sein. Die Hoffnung auf … alles.

Je öfter ich die SMS jedoch las, umso mehr kam ich zu dem Schluss, dass nicht Ami diese Worte verfasst hatte, sondern mein Bruder. Auch wenn ich nicht den geringsten Beweis hatte, wusste ich, dass das auf Pauls Mist gewachsen war. Ami liebte mich, mehr als einmal hatte sie versucht, mir das zu sagen. Mein Herz wusste, was sie für mich empfand.

»Der verdammte Bastard«, entwich es mir knurrend.

»Was?« Sabrina sah mich mit geröteten Augen an.

»Die SMS hat Paul verfasst. Offensichtlich hat er Ami mitgenommen, warum auch immer. Freiwillig ist sie nicht mit ihm gegangen.«

»Bist du sicher?«

»Vertrau mir, das hat nicht Ami geschrieben. Ich werde dafür sorgen, dass mein Bruder für alles geradesteht, was er verbockt hat. Du rufst die Polizei. Ich kümmere mich um eine andere Sache.«

»Was willst du tun?«

»Einen alten Freund anrufen. Wo immer Ami jetzt auch ist, er wird sie finden. Ich brauche kurz dein Handy für Amis Nummer.«

Sabrina nickte, lächelte unter Tränen und legte auf einmal ihre Hand auf meinen Arm. »Danke, Luke.«

»Nicht dafür.«

»Du liebst Ami wirklich.«

»Ja, nur dass ich acht verdammte Jahre gebraucht habe, um das endlich zu kapieren.«

Joe nahm umgehend ab. Ich versuchte, ruhig und sachlich zu bleiben, obwohl mich die Sorge um Ami auffraß.

»Ich brauche ganz dringend deine Hilfe, alter Freund.«

»Was gibt's?«

»Paul ist aufgetaucht und hat Ami mitgenommen. Kannst du ihr Handy orten?«

»Willst du deinen Bruder ans Messer liefern oder ihn laufenlassen?«

»Ich werde ihn der Polizei übergeben. Sollen die sich mit ihm rumplagen. Kannst du nun herausfinden, wo er steckt?«

»Das kann ich. Falls Amis Smartphone nicht ausgeschaltet ist oder sie in einem Funkloch stecken. Lass uns hoffen, dass dein Bruder das Handy nicht irgendwo in die Botanik geworfen hat.«

Daran durfte ich erst gar nicht denken. »Paul muss den Schein wahren, dass Ami freiwillig mit ihm gegangen ist. Er darf das Telefon nicht entsorgen.«

»Dann gib mir mal ihre Nummer.«

Ich brauchte drei Anläufe, um Amis Handynummer auf die Reihe zu bekommen, so durcheinander war ich.

»Ich melde mich, sobald ich ihr Handy geortet habe. Das dauert einige Zeit.«

»Okay, bis später.«

* * *

Mit fürchterlichen Kopfschmerzen erwachte ich.

Ich lag ausgestreckt auf etwas Weichem. Möglicherweise ein Bett. Meine Zunge ertastete Stoff, in meinem Mund steckte ein Tuch. Als ich die Arme bewegte, schnürte scharfer Schmerz meine Handgelenke ab.

»Bleib ruhig liegen, Schatz, sonst tust du dir weh«, wisperte eine Stimme.

Paul?

Mit dem Namen kamen die Erinnerungen. Paul hatte mich überwältigt und offenbar betäubt. Ich blinzelte, die Umgebung verschwamm. Zurück blieb eine schemenhafte Gestalt, die mir gegenübersaß. Ich kniff keuchend die Lider zu, in meinem Kopf tobte ein Gewitter.

»Entschuldige, dass ich dich fesseln und knebeln musste, aber du hast unterwegs ein Riesentheater gemacht.«

Ich hatte einen derben Filmriss. Paul öffnete die Handschellen.

Vorsichtig nahm er mir das Tuch aus dem Mund. Wieso gab er sich auf einmal so umsichtig? Ich öffnete erneut die Augen. Diesmal sah ich klarer. Was ich erblickte, gefiel mir überhaupt nicht.

Wir waren in einem Motel- oder Pensionszimmer. Das dunkle Mobiliar sah alt und abgenutzt aus, es schien eine billige Absteige zu sein. Zwei Einzelbetten, ein Kleiderschrank, und ein Fernseher waren in dem Raum. Meine Reisetasche stand auf dem Bett gegenüber. Ein Kanister Benzin stand daneben auf dem Boden, ebenso ein langes Seil.

Mir wurde klar, warum Paul Handschuhe trug. Er wollte mit dem Verbrechen, das ihm möglicherweise im Kopf herumspukte, nicht in Verbindung gebracht werden. Was Paul auch mit mir vorhatte, es war garantiert nichts Gutes.

Ein Stechen fuhr durch meine Schläfen. Stöhnend presste ich meine Hand gegen die Stirn.

»Die Kopfschmerzen werden vergehen«, sagte er. »Das ist nur eine kleine Nebenwirkung. Tut mir leid, dass ich dich betäubt habe. Freiwillig wärst du nicht mit mir gekommen.«

Wie recht er hatte. Mit Händen und Füßen hätte ich mich lautstark gewehrt.

»Was tun wir hier?«, fragte ich leise, während ich mich vorsichtig aufsetzte und über meine schmerzenden Handgelenke rieb.

»Warten, bis Gras über die Sache gewachsen ist«, erklärte Paul lapidar.

»Über was für eine Sache? Meine Entführung?«

»Morgen fahren wir weiter Richtung Norden. Ich habe seit fast zwei Tagen nicht mehr geschlafen.«

»Mein Mitgefühl hält sich in Grenzen«, erwiderte ich boshaft.

Ich bemerkte erst jetzt, dass ich nur eine Jogginghose und mein Schlafshirt trug. Paul musste mir die Hose angezogen haben.

Für ihn konnte ich nur hoffen, dass er mich nicht noch begrapscht hatte. Ich würde ihm dafür auch nachträglich in die Eier treten. Meine Füße steckten in Turnschuhen. Paul hatte sich nicht mal die Mühe gemacht, mir Socken anzuziehen.

»Keine Sorge, ich bin dir nicht an die Wäsche gegangen.« Paul setzte sich auf das andere Bett. Neugierig blickte er mich an. »Daran hast du doch gerade gedacht, oder?«

Ich sparte mir jeden Kommentar und fixierte die Tür gegenüber. Ich nahm an, dass es die Badezimmertür war.

Ein möglicher Fluchtweg.

Paul zog eine Schusswaffe aus seiner Jackentasche und legte sie neben sich aufs Bett. Dass er überhaupt eine besaß, schockte mich. Ich rutschte zurück, obwohl er mich nicht damit bedrohte.

Resigniert seufzte er. »Hör zu, Ami, ich will dich beschützen. Warum verstehst du das nicht?«

»Du hast mich entführt, verdammt noch mal!« Ich blieb nicht länger ruhig. »Bring mich sofort zurück!«

»Das werde ich nicht. Besser, du bleibst bei mir. Mit den Leuten ist nicht zu spaßen.«

»Wie oft soll ich dir das noch sagen? Ich habe nichts mit deinen Geschäften zu tun. Weshalb sollten sie *mich* also suchen?«

»Das habe ich dir bereits erklärt.«

»Um mich als Druckmittel zu benutzen? In was für einer verschrobenen Welt lebst du eigentlich? Den Ärger hast du dir selbst zuzuschreiben. Ich bade deinen Mist garantiert nicht aus.«

Seine Lider flatterten nervös. »Wir haben viel Geld, Ami, können uns überall auf der Welt ein neues Leben aufbauen. Dir wird es an nichts mangeln. Das verspreche ich.«

»Deine Versprechungen kannst du dir sparen. Ich bin fertig mit dir.«

»Wir könnten uns eine schöne Villa kaufen, irgendwo am Meer.«

Hörte er mir mit Absicht nicht zu? Sorge beschlich mich. Beeinträchtigte der ganze Ärger etwa sein Denkvermögen? Ich versuchte, meine Stimme ruhig klingen zu lassen, um ihm ein weiteres Mal die Gründe darzulegen. Vielleicht verstand er dann endlich, dass sich unsere Wege trennten.

»Ich liebe dich nicht mehr, Paul. Ich werde mein zukünftiges Leben ohne dich meistern. Nach deinem Betrug und deiner Geheimniskrämerei kann ich dir nicht mehr vertrauen.«

Über sein Gesicht huschte ein dunkler Schatten. »Ich weiß, Luke hat dein Herz erneut erobert.« Pauls Stimme klang unheilverkündend.

Zum ersten Mal bekam ich Angst vor ihm. In dem Moment vermochte ich Paul nicht einzuschätzen. Mein Blick richtete sich auf die Waffe, dann zu Paul zurück.

»Darum geht es nicht.« Meine Stimme zitterte, er hörte es ganz bestimmt. »Das ist eine Sache zwischen dir und mir. Luke hat nichts damit zu schaffen, dass du mich betrügst.«

Mir wurde klar, dass Paul die Tatsachen nicht sehen wollte. Er fixierte mich mit starrem Blick. Meine Handflächen fühlten sich schweißnass an. Der angstvolle Knoten in meiner Brust breitete sich mehr und mehr aus.

Plötzlich lachte er höhnisch. Mir lief es eiskalt den Rücken hinunter.

»Luke ist ein nichtsnutziger Bastard.«

Ich widersprach ihm lieber nicht.

Sollte er weiterhin daran glauben, dass sein Bruder ein Nichtsnutz war. Dass mir ebendieser Bastard in den letzten Tagen beigestanden hatte, bekam Paul offenbar nicht auf dem Schirm.

»Denkst du, Luke wird sich um dich kümmern?« Pauls Stimme triefte vor Arroganz und Hohn. »Er wird sowieso nicht nach dir suchen, dafür habe ich gesorgt.«

»Was meinst du damit?«

Mit einem schäbigen Grinsen zog er mein Smartphone aus seiner hinteren Hosentasche und wedelte übertrieben damit herum.

»Du hast Sabrina eine SMS geschrieben, in der du ihr mitteilt hast, dass du mit mir gegangen bist und nur mit mir glücklich sein kannst. Dass wir unsere Vergangenheit hinter uns lassen und ganz von vorn beginnen. Na? Was sagst du dazu?«

Ich versuchte in meinem Entsetzen, nicht hörbar nach Luft zu schnappen. Luke würde die Worte glauben. Wir waren im Streit auseinandergegangen. Ich hatte ihm Dinge gesagt, die nicht okay waren. In meiner Enttäuschung hatte ich den Menschen vor den Kopf gestoßen, der mir alles auf dieser Welt bedeutete. Konnte ich das jemals wiedergutmachen?

Ich fühlte eine Zerrissenheit, die jedes logische Denken im Keim erstickte. Ein klardenkender Kopf würde mir jedoch eher helfen, aus dieser misslichen Lage zu entkommen. Das Allerschlimmste: Die Polizei suchte nicht nach mir, nachdem die Fakten so aussahen, als sei ich freiwillig mit Paul gegangen.

»Wieso akzeptierst du nicht die Notwendigkeit, die Dinge so hinzunehmen, wie sie nun mal sind?«, sinnierte er.

Weshalb tat er das nicht?

Suchte er etwa nur einen Dummen, der mit ihm in den Abgrund sprang? War er der Meinung, ich wäre so naiv und würde mich nicht wehren? Es war Paul egal, wer über die Klinge sprang.

Warum dann nicht die liebe Ami, die ihm jahrelang treu zur Seite gestanden und seine Launen gleichmütig ertragen hat? Ich springe weder für ihn noch mit ihm in den Abgrund!

»Du bist genau wie Luke, der auch keine Notwendigkeiten hinnehmen kann. Zum Beispiel, dass ich Vaters Liebling war. Weißt du eigentlich, warum unser Vater Luke so sehr gehasst hat?«

Ich schüttelte den Kopf. Eigentlich war ich nicht scharf darauf, die Familiengeheimnisse zu erfahren. Das war vergangen und änderte überhaupt nichts. Paul sollte seine Eltern in Frieden ruhen lassen.

»Luke ist mein Halbbruder, hast du das gewusst?«

Ein weiteres Mal schüttelte ich den Kopf. Natürlich waren mir damals die äußerlichen Gegensätze der Brüder aufgefallen, doch das hatte ich darauf zurückgeführt, dass Luke in jeder freien Minute die Natur genossen hatte, während Paul den Stubenhocker mimte.

»Mutter hat während eines Urlaubs auf Sardinien einen spanischen Arzt kennengelernt, der hat sie geschwängert. Der Typ wollte sogar mit ihr durchbrennen. Doch sie sah das als ihre Pflicht, bei uns zu bleiben. Sie hat meinem Vater nichts von ihrer Affäre gesagt und das Baby als seins ausgegeben. Doch mein Vater war nicht blöd. Das schwarze Haar und die dunkle Haut des Kuckuckskindes fielen irgendwann auf. Luke hat diesen südländischen Touch, auf den die Frauen abfahren.« Paul verdrehte die Augen. Er war offensichtlich eifersüchtig auf Luke. »Und dann diese ausdrucksstarken grauen Augen – das Einzige, was er von unserer Mutter, dieser treulosen Schlampe, geerbt hat. Als mein Vater herausfand, was Mutter getan hat, wollte er sie verlassen, aber sein Pflichtgefühl gegenüber mir und ihr war einfach zu groß. Der Blödmann hätte Luke im Fluss ertränken sollen, dann wäre uns viel Ärger erspart geblieben.«

Ich ballte die Hände, hasste Paul dafür, dass er so abfällig über Luke und seine Mutter Eirene sprach. Die fiese Ader kannte ich von ihm nicht.

»Du bist keinen Deut besser, du Mistkerl«, murmelte ich sauer. »Du warst und bist neidisch auf Luke.«

»Du hast es erfasst, Ami.« Er klatschte in die Hände. Ich zuckte zusammen. »Ich war auch neidisch auf dich. Darauf, dass Luke dich hatte, er glücklich und zufrieden war – das war mir echt ein Dorn im Auge. Ich wollte nicht, dass er Glück empfand. Nachdem er zur Armee ging, sah ich endlich meine Chance, bei dir zu landen. Eigentlich hast du mich vom Äußerlichen her niemals angesprochen, du warst mir zu flippig und zu dürr.«

Die Taubheit in meinem Körper zog bis in meine Fingerspitzen. Ich meinte, innerlich abzusterben. Ich zweifelte an allem, was ich jemals für Paul empfunden hatte.

»Du hast mir also nur Avancen gemacht, um Luke eins auszuwischen?«, wisperte ich.

Paul lächelte geringschätzig. »Du hast so an meinen Lippen gehangen, wenn ich dir von Luke erzählt habe. Du hast jedes Wort wie ein Schwamm aufgesaugt. Das war so leicht, dich rumzukriegen. Ich gebe zu, zuerst hatte ich nur vor, Luke eins auszuwischen, ihm zu zeigen, dass ich seine Freundin haben kann. Mit den Jahren habe ich dich dann doch lieben gelernt. Der Sex war ganz gut.«

Mir war speiübel.

»Willst du wissen, warum Luke ohne große Erklärungen zum Militär abgehauen ist?«

Ich wollte das bestimmt nicht wissen. Wahrscheinlich würde die Wahrheit längst verheilte Wunden aufreißen. Luke konnte außerdem nichts dafür, dass Eirene einen anderen Mann geliebt hatte. Was war so schlimm daran?

»Mein Vater hat Luke vor die vollendete Tatsache gestellt, dass ich die Nummer eins für ihn bin und er der Bastardsohn.«

Entsetzen erfasste mich. »Was? Er hat ihm gesagt, dass er nicht sein Sohn ist?«

»Natürlich nicht, das wusste Mutter noch zu verhindern, so krank sie zu dem Zeitpunkt auch war.«

Ich erinnerte mich, wie blass und dünn Eirene immer ausgesehen hatte. Sie war ein guter Mensch gewesen, hatte jedes Mal ein Lächeln und ein paar liebe Worte für mich übrig gehabt. Damals hieß es, sie wäre an einem Schlaganfall gestorben – die Todesursache hätte auch ein gebrochenes Herz sein können. Sie hatte ständig zwischen den Fronten gestanden, um Luke Schutz zu bieten.

»Nach einem heftigen Streit mit Luke, bei dem er mir die Nase blutig schlug, habe ich dafür gesorgt, dass Vater ihn vor die Tür setzt.«

An den Streit erinnerte ich mich gut. Es war um mich gegangen. Paul hatte mich als dürres Klappergestell betitelt, und Luke hatte ihm eine verpasst.

Wut kochte in mir hoch. »Was zeigst du mit dem Finger auf Luke, während du viel schlimmer bist? Du bist hier der nichtsnutzige Bastard in der Familie. Skrupellos, verlogen und …«

Paul schlug unvermittelt in mein Gesicht. Der Schock lähmte den Schmerz. *Er hat mich geschlagen!* Fassungslos legte ich die Hand an meine Wange.

Auf seinem Gesicht stand ein ebenso fassungsloser Ausdruck. »Entschuldige, Ami, das wollte ich nicht.«

»Falls du mich noch einmal schlägst, bringe ich dich um«, zischte ich.

»Das tut mir wirklich leid«, sagte er hastig.

»Wenn du mich sowieso nicht liebst, was willst du dann noch von mir? Du kannst mich auch gehen lassen.«

»Ich kann dich nicht gehen lassen. Du bist …«

Ein lautes Klopfen an der Tür ließ ihn hektisch herumfahren. In mir keimte die Hoffnung, dass es meine Rettung war. Paul ergriff die Waffe, ging zur Tür und öffnete sie einen Spaltbreit.

Mit Wucht wurde die Tür aufgestoßen. Ich hatte den verrückten Eindruck, dass Paul einen Salto rückwärts hinlegte. Die Waffe flog quer durch das Zimmer und rutschte halb unter dem Kleiderschrank. In der Tür stand Inspector McConnor, einer der Polizisten, der mir damals die Unfallnachricht überbracht hatte. Er zielte mit seiner Waffe auf Paul. Der Inspector sah grimmig aus, als er über die Schwelle trat, Paul am Kragen packte und auf die Füße zerrte. Er schüttelte ihn durch.

»Also, Adams, wo sind die Millionen? Der Boss wartet.«

Meine Hoffnung rutschte in den Keller. Entsetzen erfasste mich. Ich starrte den Inspector mit offenem Mund an. Er war nicht hier, um mich zu befreien …

»Wo ist das Geld, Adams?« Mittlerweile hatte er Paul gegen die Wand gedrückt. Seine Waffe zielte auf Pauls Kopf. Der Inspector sah zu allem entschlossen aus.

Ein ängstliches Wimmern entwich mir. Ich rutschte näher an die Wand. McConnor fixierte mich mit einem Blick, der mir mitteilte, dass ich hier nicht lebend herauskam. Ich wusste zu viel, würde Zeugin eines Mordes werden, den ein korrupter Polizist beging.

Ich sehe Luke nie wieder …

Der Gedanke schmerzte, er trieb Tränen in meine Augen.

Aus den Augenwinkeln sah ich, dass die Tür einen Spaltbreit offenstand. Es wäre ein Leichtes, aufzuspringen und aus dem Zimmer zu flüchten. Doch ich war starr vor Angst.

»Ich frage dich zum letzten Mal …«

»Du musst das nicht tun, Jackson«, fuhr Paul mit zittriger Stimme dazwischen. »Ich gebe dir all mein Geld, und du lässt mich laufen. Ich werde noch heute das Land verlassen.«

Ein ängstliches Zittern durchfuhr mich. Was war mit mir? Paul lieferte mich tatsächlich ans Messer, während er sich freikaufte?

»Es sind fast zwei Millionen Pfund. Du kannst alles haben. Niemand wird davon erfahren.«

Der Inspector lachte leise. »Romanow wird es erfahren. Dann geht es mir wie dir. Ich spiele lieber nach seinen Regeln – ist gesünder. Hättest du auch tun sollen, anstatt dich aus dem Geschäft zu verabschieden. Dir hätte klar sein müssen, dass Romanow sein Geld wiedersehen will.«

»Nein, das war mir nicht bewusst«, entwich es Paul leise. »Immerhin habe ich dafür gearbeitet.«

Meine Starre löste sich und weckte etwas in mir: meinen Überlebensinstinkt. Langsam rutschte ich nach vorn, meinen Blick auf die diskutierenden Männer gerichtet. Mein Turnschuh berührte festen Boden. Ich musste nur schnell genug zur Tür hechten, um …

Der Inspector sah so flink in meine Richtung, dass ich zusammenzuckte. »Wo willst du hin?«, fragte er barsch.

»Auf … auf die Toilette.«

Er machte eine ungeduldige Kopfbewegung.

»Dann geh, aber denk dran«, er drückte Paul die Waffe an die Schläfe, »dass ich deinen Freund hier massakriere, falls du abhaust. Kapiert?«

Ich nickte. Als ich an den beiden vorbeiging, warf ich einen hastigen Blick zu Paul. In seinen Augen erkannte ich, dass er damit rechnete, dass ich flüchtete.

Er lag nicht verkehrt. War ich ein schlechter Mensch, wenn ich Paul seinem Schicksal überließ? Ich verspürte nicht mal ein schlechtes Gewissen, als ich das kleine Badezimmerfenster erblickte. Noch während ich die Toilettenspülung und danach den Wasserhahn aufdrehte, öffnete ich das Fenster. Ein angenehmer Wind wehte in mein Gesicht, ich konnte die Freiheit förmlich riechen.

»Mach's gut, Paul«, wisperte ich, schob mich eilig aus dem Fenster und rannte über den Hinterhof.

Ich vernahm ein lautes Rattern am Himmel und rannte schneller. Etwas Großes schwebte über mich hinweg. Meiner Kehle entwich ein Schluchzen. Ich wollte nicht sterben!

Ein ohrenbetäubender Knall ließ mich beinahe taub zurück. Etwas streifte meine Wade. Ich stolperte. Ein weiterer Knall ertönte, und die Umgebung drehte sich. Der Boden neigte sich mir entgegen. Eilige Schritte kamen auf mich zu. Ich vergrub wimmernd meinen Kopf zwischen den Armen. Mein letztes Stündlein hatte geschlagen …

Jemand berührte mich an der Schulter. »Bleiben Sie ruhig liegen, Miss Steward, Sie sind verletzt. Ärztliche Hilfe ist unterwegs.«

Halb drehte ich mich um und erblickte einen Mann, der seinen Kopf mit einer schwarzen Skimütze verhüllt hatte. Er trug eine schusssichere Weste über seinen dunklen Anzug. Er blickte mich freundlich an, während er das Gewehr beiseitelegte. »Bleiben Sie bitte liegen. Ich schaue nach Ihrer Wade.«

»Bitte?« Noch immer checkte ich nicht, was mit mir passiert war.

Als der Mann mein Bein berührte, schrie ich auf. Der Schmerz schoss bis in meine Leiste. Ich hob den Kopf und blickte auf meine Wade. Der graue Stoff war blutgetränkt.

»O Gott … Blut«, nuschelte ich und tauchte in stille Dunkelheit hinab.

Kapitel 23

Ich beherzigte Joes Rat, der Polizei den Vortritt zu lassen, um Pauls Zimmer zu stürmen. Mein Freund hatte gute Vorarbeit geleistet und eine Adresse in der Nähe von Newtonmore lokalisiert. Ein kleines Bed & Breakfast direkt an der M9. Newtonmore lag etwa fünfundsiebzig Meilen von Crieff entfernt. Was Paul mit Ami dort wollte, war mir ein Rätsel. Nun lag es an mir, die Polizei davon zu überzeugen, dass ein Verbrechen vorlag.

Inspector Lewis hörte mir aufmerksam zu, während ihr Kollege McConnor nach wenigen Minuten verschwand. Ihr Kugelschreiber kratzte über das Papier, als sie sich eifrig Notizen machte. Das Kratzen schürte meine Nervosität nur noch mehr. Sie sollte sich endlich auf den Weg machen und Paul die Hammelbeine langziehen.

»Könnten Sie die Formalitäten auf später verschieben und endlich zur Tat schreiten?«, unterbrach ich ihren Schreibfluss. »Mein Bruder hat Ami entführt. Ich weiß nicht, was er mit ihr vorhat. Inzwischen traue ich ihm alles zu.«

»Mister Adams, meine Kollegen sind bereits auf dem Weg dorthin.«

Ihre Gelassenheit schob mich an den Rand des Wahnsinns.

»Ihr Bruder wird in unsere Obhut überstellt, sobald er gefasst ist. Seien Sie sich sicher, dass alles seinen korrekten Gang geht. Er wird sich einigen Fragen stellen müssen. Falls Miss Steward Anzeige erstattet, kann er sogar wegen Freiheitsberaubung verurteilt werden. Sobald meine Kollegen das Zimmer gestürmt,

Ihren Bruder in Gewahrsam genommen haben und Miss Steward in Sicherheit ist, bekomme ich Bescheid.«

Das beruhigte mich nicht. Ich wollte Ami unversehrt in meine Arme schließen – jetzt, sofort.

Ich hätte Sabrina um ihr Auto bitten können, allerdings hatte Joe mir das Versprechen abgerungen, dass ich mich nicht in die Polizeiarbeit einmischte. Ich stand kurz davor, dieses Versprechen zu brechen, um Paul die Grütze aus dem Schädel zu prügeln.

Inspector Lewis lächelte. »Machen Sie sich keine Gedanken, meine Kollegen sind sehr kompetent.« Sie ließ mich stehen, um sich leise mit einem Constable zu unterhalten.

»Hoffentlich tut er Ami nichts«, flüsterte Sabrina neben mir.

Den Satz hätte sie sich klemmen können. In meiner Vorstellung existierte auf einmal das Bild von einer ermordeten Ami. Leider besaß ich keine Idee, wie und warum Sergei ums Leben gekommen war. Die Unwissenheit war schlimm, ich war mir nicht mehr sicher, wie mein Bruder tickte.

Mein Augenmerk richtete sich auf Inspector Lewis zurück. Zwei Dinge störten mich mit einem Mal ganz gewaltig – die Abwesenheit ihres Kollegen McConnor und die Tatsache, dass sie bis jetzt nicht wirklich etwas unternommen hatten, um Paul ausfindig zu machen. Die Ermittlungen waren für meinen Geschmack zu schleppend verlaufen.

»Ich muss telefonieren«, sagte ich an Sabrina gewandt.

Ich verließ das Zimmer und ging nach draußen. Vor dem Haus parkten zwei Streifenwagen, daneben standen zwei Constables, die mich eingehend musterten. Grüßend nickte ich ihnen zu und ging ein Stück den Bürgersteig entlang. Ich drückte die Kurzwahltaste. Joe hob nach wenigen Sekunden ab.

»Haben sie deinen Bruder und Ami gefunden?«, fragte er.

»Noch nicht.« Ich hielt inne, um leise hinzuzufügen. »Du kannst dich doch sicher noch mal in die Datenbank der Polizei einklinken?«

»Ja.« Joes Stimme klang aufmerksam. »Um was geht es?«

»Um Inspector Lewis und Inspector McConnor. Für mich spricht einiges dafür, dass sie in die Sache involviert sind und mit der Organisation zusammenarbeiten. Die Ermittlungen der beiden lassen zu wünschen übrig. Wenn du nicht nachgeforscht hättest, wären die nie aus dem Knick gekommen. Lewis sagt zwar »meine Kollegen sind sehr kompetent« … Das kann vieles bedeuten. Mag sein, dass ich paranoid bin, aber ich will auf Nummer sicher gehen.«

Ich hörte, wie Joe bereits auf der Tastatur herumtippte.

»Lassen wir die Datenbank der Polizei beiseite«, bemerkte er mit konzentrierter Stimme, »und werfen mal einen Blick in die Datenbank der internen Dienstaufsicht. Ich habe mich nämlich gerade gefragt, weshalb die Polizei so lange braucht, um deinen Bruder zu finden. Mein anonymer Anruf hätte sie eigentlich aufscheuchen müssen.« Die Tastatur klackerte, und er gab einen undefinierbaren Laut von sich.

»Was ist?«

»Das ist seltsam«, sagte er gedankenverloren.

Meine Geduld schmolz dahin. »Was, verdammt noch mal?«

»McConnor wird bereits von der Internen überwacht. In den Akten ist vermerkt, dass er sich mit allergrößter Wahrscheinlichkeit schmieren lässt.« Plötzlich lachte er leise.

»Ich weiß nicht, warum du lachst«, murmelte ich verärgert.

»Weißt du, wer ihn direkt überwacht? Inspector Lewis.«

»Sie ist von der internen Dienstaufsicht?«

»Ja und nein, mein Freund.«

»Was soll das denn heißen?«

»Sie ist vom MI5.«

»MI5? Willst du mich verarschen?«

»Nein. Du kannst ihr also vertrauen. Wenn die Frau von ihren Kollegen spricht, meint sie nicht die einfachen Constables, sondern eine MI5-Sondereinheit. Hier ist vermerkt, dass der MI5 diese russische Organisation schon länger auf seiner Liste hat.«

»Na ja, das wird mit Paul aber ein kleiner Fang werden.«

»Aller Anfang ist schwer.«

Aus den Augenwinkeln bemerkte ich, dass mich jemand beobachtete. Mein Blick schweifte zur Haustür. Inspector Lewis – oder wie immer ihr wirklicher Dienstgrad auch war – stand im Türrahmen und winkte mich heran.

»Ich muss Schluss machen«, sagte ich ins Telefon. »Ich danke dir, Joe und gewöhn dich schon mal dran, dass du mich in Zukunft öfter an der Backe haben wirst, als dir lieb ist.«

»Was meinst du damit?«

»Ich bleibe in Crieff und gehe dir auf die Eier.«

Joe lachte. »Da freue ich mich. Bei Gelegenheit musst du mir Ami vorstellen.«

Ja, wenn alles gutgeht …

»Das mache ich. Bis dann.«

»Mach's gut, Luke.«

Ich steckte mein Telefon in die Hosentasche und ging auf Lewis zu. Ihre Miene war von Mitleid gezeichnet, was ich für ein böses Vorzeichen hielt. Meine Schritte wurden langsamer, geradezu schleppend, und sie kam mir entgegen.

»Ich muss Ihnen leider mitteilen, dass Ihr Bruder erschossen wurde. Mein herzliches Beileid.«

Jemand schien mir die Beine wegzuziehen. Eine Fassungslosigkeit überkam mich, die mir fast die Luft zum Atmen nahm. Was mit meinem Bruder war, interessierte mich nicht wirklich, aber …

»Was ist mit Ami … Miss Steward?«, stieß ich keuchend hervor.

»Ihr geht es so weit gut. Sie hat einen Streifschuss an der Wade, nichts Lebensgefährliches.«

»Gott sei Dank«, stieß ich erleichtert hervor.

»Miss Steward ist bereits auf dem Weg ins Krankenhaus.« Inspector Lewis hielt inne und sah mich neugierig an. »Wussten Sie, dass Ihr Bruder für einen gewissen Alexej Romanow gearbeitet hat?«

Ich mimte den Unschuldigen, sonst verriet ich Joe. Was das Hacken von Polizeidatenbanken anging, war die Strafe sicher nicht ohne.

»Nein, wer ist das?«

»Der Boss einer russischen Organisation, die im ganz großen Stil illegale Glücksspiele betreibt und mit teuren Immobilien handelt. Der Mann im Wagen Ihres Bruders war der Enkel von Romanow.«

»Wieso haben Sie uns nichts davon gesagt?«, tat ich empört. »Wir wären für ein paar Infos dankbar gewesen.«

»Ich durfte nicht. Glauben Sie mir, die Ermittlungen liefen auf Hochtouren.«

»Offensichtlich nicht schnell genug«, bemerkte ich.

Sie lächelte plötzlich. »Richten Sie dem anonymen Anrufer unseren Dank aus.«

»Hä? Ich verstehe nicht.«

»Sie sind ein Soldat der *Black Watch*, Mister Adams. Einer Einheit, die durchaus Mittel und Wege hat, Antworten auf viele Fragen zu bekommen. Sie sind über einige Dinge genauestens informiert. Glauben Sie wirklich, Sie könnten mich für dumm verkaufen?« Inspector Lewis klang nicht böse, vielmehr hörte sich ihr kleiner Vortrag nach einem Dankeschön an.

Wie es aussah, war die Frau genau im Bilde, was Joe betraf. Dabei war er doch eher der Leisetreter, verwischte seine Spuren immer gründlich. Hatte er etwas übersehen? War er nachlässig geworden? Und durfte ich jetzt noch lügen?

»Seit wann wissen Sie das?« Abwartend verschränkte ich die Arme vor der Brust.

»Seitdem sich Ihr Freund, Joe Dion, in diversen polizeilichen Archiven umgesehen hat. Dass sich Inspector McConnor korrumpieren ließ, war Ihnen sicher auch nicht unbekannt.«

»Er hat das nur für mich getan«, sagte ich, um Joe aus der Schusslinie zu ziehen. »Ich brauchte Antworten über meinen Bruder. Von Ihnen bekamen wir ja keine.« Ich hielt inne. »Was wollen Sie tun?«, fragte ich sachlich. »Wollen Sie einem Kriegsveteranen, der beinahe sein Leben in Afghanistan gelassen hat, das Leben versauen und ihn hinter Gitter bringen?«

Inspector Lewis schürzte die Lippen. »Wir überlegen, ob wir Mister Dion einen Job anbieten. Ihr Freund ist verdammt gut in seinem Fach. Er war nicht umsonst der Beste in Ihrer Einheit. Solche Genies kann die hiesige Polizei gut gebrauchen.«

»Sie meinen den MI5«, korrigierte ich.

Lewis lächelte. »Das bleibt jedoch unter uns.«

»Wenn Sie meinen Freund gut behandeln, tue ich alles, was Sie sagen.«

»Gut, dann sind wir uns einig.« Sie sah zum Himmel auf.

Ein Helikopter war im Landeanflug.

»Kommen Sie. Wir bringen Sie zu Miss Steward nach Perth ins Krankenhaus.«

»Perth?«

»In Newtonmore und Umgebung sind Krankenhäuser rar gesät. Unser Helikopter hat sie nach Perth gebracht.«

Der Hubschrauber landete. Mich hielt niemand mehr davon ab, Ami endlich in die Arme zu schließen.

Kapitel 24

Für einen Moment schnürte sich mir die Luft ab, Ami mit geschlossenen Augen auf dem weißen Kissen liegen zu sehen. Ihre Gesichtsfarbe war leichenblass. Obwohl der Arzt versichert hatte, es sei nur ein Streifschuss an ihrer Wade und sie könne bald wieder nach Hause, machte mich ihr fahles, regloses Gesicht mehr als nervös.

Bemüht keinen Lärm zu erzeugen, ergriff ich den Hocker neben ihrem Bett und setzte mich. Auch wenn sie noch sauer auf mich war, ich wich garantiert nicht von ihrer Seite – nie wieder. Die Zeit ohne Ami war die Hölle gewesen.

Vorsichtig tastete ich nach ihrer Hand und hielt sie fest. Ich würde ihr beistehen, um das traumatische Erlebnis zu verarbeiten. So wie sie mit mir gegen meine Dämonen gekämpft hatte, würde ich auch gegen ihre Dämonen vorgehen.

»Solange ich lebe, werde ich für dich da sein«, wisperte ich, wobei ich mich nach vorn beugte, um einen zarten Kuss auf ihren Handrücken zu drücken.

Als ich hochblickte, waren Amis Augen geöffnet. Überraschung zeichnete ihr Gesicht. »Du liebst mich tatsächlich.«

Eine trockene Feststellung war alles, was ihr in den Sinn kam? Kein »Es ist schön, dich wiederzusehen«, »Ich habe dich vermisst« oder »Ich hatte solche Angst«.

O Mann, die Frau machte mich echt fertig – angenehm fertig. Was musste ich noch tun oder sagen, damit sie verstand, was ich fühlte?

Ich lächelte. »Natürlich liebe ich dich – wie verrückt. Acht Jahre habe ich gebraucht, um das endlich zu verstehen. Hast du mir etwa nicht geglaubt?«

»Nein … doch. Ich dachte, du würdest nach …«

»Nach Afghanistan zurückgehen? Mein Platz ist an deiner Seite … wenn du mich überhaupt willst«, fügte ich leise hinzu.

»Natürlich will ich dich. Ich liebe dich.«

Sie wollte den Oberkörper anheben, doch ich drückte sie zurück und setzte mich aufs Bett. »Nicht bewegen.«

»Herrgott, ich habe nur einen Streifschuss an der Wade«, beschwerte sie sich.

Ami war immer noch die alte, von einem Trauma schien sie weit entfernt. Unverkennbar besaß sie eine weitaus größere Stärke in sich, als ich ahnte.

»Trotzdem.« Ich beugte mich vor und küsste sanft ihre Stirn. »Ich möchte nicht, dass du wegen mir Schmerzen hast. Ich habe dir schon genug weh getan.«

Sie grinste. »Luke Adams, du bist ein Trottel.«

Ich grinste ebenso. »Ich weiß.«

»Küss mich lieber, anstatt einen auf fürsorglichen Bengel zu machen, das passt nämlich nicht zu dir.«

Ihre Lippen waren warm und weich, als ich sie küsste. Meine wunderschöne Ami erfüllte mich mit purem Glück. Ich war glücklich … vielleicht zum ersten Mal in meinem Leben so richtig glückselig. Meine Fingerspitzen berührten ihre Wange.

Ich hatte noch eine wichtige Frage an Ami. Eine Frage, die ich schon längst hätte stellen sollen. *Wenn nicht jetzt, wann dann?*

Unsere Lippen trennten sich. Für einen Augenblick vergrub ich mein Gesicht in ihrem Haar. Tief sog ich den Duft ein, es roch wie immer nach Apfel.

»Ami?«, flüsterte ich in ihr Haar. »Wenn ich dir eine Frage stelle, beantwortest du sie auch ehrlich?«

»Na klar«, murmelte sie.

Ich sah sie an, damit ich jede kleinste Emotion in ihrem

Gesicht wahrnehmen konnte. »Möchtest du meine Frau werden?«

Ein weiteres Mal sah Ami überrascht aus. In mir schwand die Zuversicht, dass sie Ja sagen könnte.

»Meinst du das ernst?«, fragte sie gedämpft.

»Ja … natürlich. Du warst schon immer mein Mädchen. Ich möchte dich endlich zur Frau. Wir haben so viel Zeit vergeudet – getrennt und allein. Ich möchte dich nie wieder missen.«

Lächelnd schloss sie für einen Sekundenbruchteil die Augen. »Ja«, wisperte sie, während sie die Lider aufschlug. »Ja, ich möchte für immer mit dir zusammen sein und deine Frau werden.«

Sie legte die Arme um meinen Hals. Durch meinen Körper fegte ein wahres Freudenfeuer. Ami hauchte meinen Namen.

»Ich liebe dich, Ami«, flüsterte ich rau. »Mehr, als du dir vorstellen kannst.«

»Und ich habe niemals aufgehört, dich zu lieben. Ich dachte, ich sehe dich niemals wieder«, murmelte sie erstickt. »Ich hatte solche Angst …« Ihre Stimme brach.

Ami weinte, ihre Schultern bebten und ich drückte sie fester an mich. »Du wirst mich niemals verlieren«, flüsterte ich. »Bis zu meinem letzten Atemzug bin ich an deiner Seite.«

Ich hielt sie in meinen Armen und spendete ihr Trost. Ihre Tränen fielen auf mein T-Shirt. Jede einzelne davon musste für Ami wie eine Befreiung sein. In den letzten Tagen war zu viel passiert. Noch nie hatte ich sie so aufgelöst erlebt. Mochte sein, dass erst jetzt der Schock einsetzte.

Sie schniefte und wischte über ihre Wangen. »Paul ist tot«, sagte sie mit heiserer Stimme.

»Ich weiß.«

»Der Polizist, der mit mir im Hubschrauber geflogen ist, hat es mir gesagt«, sagte sie an meiner Brust. »Der Inspector hat ihn erschossen, nachdem Paul versucht hat, ihn daran zu hindern, noch einmal auf mich zu schießen. Paul wollte mich beschützen und hat dafür sein Leben gelassen.«

»Gibst du dir etwa die Schuld an Pauls Tod?«, fragte ich sanft.

»Ein bisschen. Als ich aus dem Fenster geklettert bin, existierte nur ein Gedanke in mir – überleben. An nichts anderes habe ich gedacht.«

»Das ist verständlich. Du darfst die Schuld nur nicht überhandnehmen lassen.«

Ich wusste, wovon ich sprach. Bei Ami war das anders. Sie war das reinste Geschöpf, das ich kannte. Dafür liebte ich sie umso mehr.

»Einerseits denke ich, er hat das nicht anders verdient. Er wollte mich ans Messer liefern, während er sich mit seinem Geld freikaufen wollte. Anderseits fühle ich mich schlecht, weil ich so etwas denke.« Sie sah mich mit tränenverhangenem Blick an. »Bin ich deswegen ein schlechter Mensch?«

»Das bist du nicht. Paul und sich freikaufen, das sieht ihm ähnlich.« Auch wenn mein Bruder tot war, spürte ich, wie Wut durch meine Adern pulsierte. Das war genau sein Ding: seinen Hals aus der Schlinge zu ziehen, ohne Rücksicht auf Verluste.

»Paul hat dem Inspector sein gesamtes Vermögen zugesichert, damit er ihn verschonen würde.«

Es klopfte an der Tür. Herein kam Inspector Lewis. Sie lächelte. »Hallo, Miss Steward. Wie geht es Ihnen?«

»Hallo, Inspector. Mir geht es schon besser, danke.«

»Tut mir leid, Sie jetzt schon damit zu behelligen, aber ich muss Ihre Aussage aufnehmen.« Sie sah mich an. »Sie dürfen gerne dabei sein, falls Miss Steward nichts dagegen hat.«

Amis Hand klammerte sich an meinen Arm. »Ich habe nichts dagegen.«

Inspector Lewis wies auf den Hocker. »Darf ich mich setzen?«

»Natürlich«, antwortete Ami.

Die Polizistin zog ein Diktiergerät aus ihrer Jackentasche und stellte es auf das Nachtschränkchen. »So, Miss Steward, fangen Sie ganz von vorne an und erzählen Sie mir, was sich zugetragen hat.«

Epilog

Mit Luke an meiner Seite fühlte ich mich wie im siebten Himmel. Auch nach all den Jahren liebte ich ihn wie verrückt – nie war das anders gewesen.

Nachdem Paul beerdigt worden war, blieb die Frage, was mit dem Vermögen und dem Haus passieren sollte. Luke verzichtete auf jeden einzelnen Pfund, obwohl er vor Gericht gegen die Nachlassverwaltung hätte vorgehen können. Wir waren uns einig, dass wir die Vergangenheit hinter uns lassen wollten, um woanders neu anzufangen.

Mit Sack und Pack zogen wir in ein anderes Viertel von Crieff. Nicht ganz uneigennützig, wie Luke mir später beichtete – so wohnte er näher bei seinem Freund Joe, den ich als lieben Mann kennenlernte. Ich mochte ihn auf Anhieb.

Was Paul mir über Lukes Herkunft gesagt hatte, behielt ich für mich. Ich brachte es nicht übers Herz. Die neuen Tatsachen würden nichts an der Vergangenheit ändern. Ich war mir nicht sicher, ob Luke die Wahrheit überhaupt verkraftet hätte. Auch ich trug nun ein kleines Geheimnis mit mir herum. Mittlerweile verstand ich, dass Luke mich damals nur schützen hatte wollen. Ich hatte ihm das alles längst verziehen.

An einem sommerlichen Tag im August besuchten wir die Gräber von Kevin und Eirene. Ich hielt mich Abseits, während Luke Blumen auf die Gräber seiner Eltern stellte und in stillem Dialog versank. Er schien mit seinem Vater im Reinen zu sein, auch wenn noch viele Fragen für Luke offenblieben.

Als er sich schließlich zu mir umdrehte, lag auf seinem Gesicht ein Ausdruck des Friedens. Möglicherweise hatte Luke einen Schlussstrich unter dem Kapitel »Vater und Sohn« gezogen.

Auf Pauls Grab stellten wir gemeinsam Blumen. Ich hatte ihm verziehen. Man sollte nie schlecht über die Toten

denken. Eigentlich war ich ihm sogar ein Stück weit dankbar, dass er Luke und mich wieder zusammengebracht hatte.

In der *St Andrews Church Halls* gaben wir uns ein Dreivierteljahr später das Jawort. Noch nie hatte ich Luke strahlender und glücklicher gesehen. Beide hatten wir einen langen Weg hinter uns. Einen Weg, den wir hatten gehen müssen, um dort anzukommen, wo wir heute standen. An einem gemeinsamen Weg bis ans Ende unserer Tage.

Ende

Danksagungen

Wie immer möchte ich meiner Familie danken. Ihr seid die Besten auf dieser Welt. Ich liebe euch.

Meine fleißige Testleserin Sonja, die mir den Gebrauch meiner Lieblingswörter *brachte* und *machte* näher erläuterte … ähm, um die Ohren haute. *g* Danke für deine Anregungen und Kritik. Du warst mir eine große Hilfe.

Steffi, du warst auch dieses Mal wieder eine Bereicherung für meinen Denkapparat. Vielen lieben Dank für deine Inspiration.

Ferner möchte ich der lieben Sandra danken. Ist nicht einfach, eine Autorin als Freundin zu haben, nicht wahr? Die sind weltfremd und manchmal völlig weggetreten. *g* Schön, dass es dich gibt, liebe Freundin, und du mich aufbaust.

Und last but not least – danke ich noch dem tollen Team von Forever und meiner Lektorin. Danke für alles, ihr seid klasse.

Liebe Leserinnen und Leser,

auch Ihnen möchte ich danken. Ich freue mich, dass Sie *Addicted to him* gelesen haben, und hoffe, es hat Ihnen gefallen!

Wenn Sie wissen möchten, wann mein nächstes Buch erscheint, und auch sonst keine Neuigkeiten aus dem Forever Verlag verpassen wollen, melden Sie sich gern unter der folgenden Adresse für den Newsletter des Verlags an: http://forever.ullstein.de/newsletter/

- Meine bislang erschienenen Bücher finden Sie hier: https://www.lovelybooks.de/autor/Lina-Jacobs/
- Auf meiner Facebook-Seite https://www.facebook.com/people/Lina-Jacobs/100006578149168 teile ich regelmäßig Neuigkeiten und auch Textausschnitte mit meinen Lesern. Ich würde mich freuen, Sie dort wiederzutreffen!
- Auch auf meiner Homepage https://www.linajacobs.de/ gibt es viel zu entdecken. Ich würde mich freuen, wenn Sie vorbeischauen.
- Rezensionen sind für AutorInnen ein wichtiges Feedback und auch für LeserInnen sehr hilfreich bei der Wahl ihres nächsten Buches. Wenn Sie Ihren Eindruck von meinem Buch zusammenfassen und mit anderen teilen, freue ich mich sehr. Ob positiv oder negativ spielt keine Rolle – ich freue mich über jede Rückmeldung!

Ich wünsche Ihnen weiterhin viel Freude beim Stöbern und Lesen!

Ihre Lina Jacobs